Pôlefiction

W0281719

Du même auteur
chez Gallimard Jeunesse :

L'Anti-Magicien

1. L'Anti-Magicien
2. L'Ombre au noir
3. L'Ensorceleuse
4. L'Abbaye d'Ébène
5. Les Traîtres de la cour
6. Hors-la-loi

Sébastien de Castell

L'Anti-Magicien

2. *L'Ombre au noir*

Traduit de l'anglais (Canada)
par Laetitia Devaux

GALLIMARD JEUNESSE

Titre original : *Shadowblack*

Édition originale publiée en Grande-Bretagne
par Hot Key Books, un département
de Bonnier Zaffre Limited, Londres
L'auteur a revendiqué le bénéfice de son droit moral.
© Sebastien de Castell, 2017, pour le texte
© Sam Hadley, 2017, pour les illustrations intérieures

© Éditions Gallimard Jeunesse, 2018, pour la traduction française

© Éditions Gallimard Jeunesse, 2021, pour la présente édition

Pour le docteur Sukanya Leecharoen
de l'hôpital international royal d'Angkor
au Cambodge, dont l'intelligence
et la gentillesse ont permis de métamorphoser
ce qui avait commencé dans la détresse
la plus terrible en une expérience
étrangement divertissante.

LA VOIE DE L'EAU

La voie des Argosi est la voie de l'eau. L'eau ne cherche jamais à bloquer la route d'autrui, en revanche, elle ne tolère aucun obstacle en travers de la sienne. Elle se meut librement, se glisse le long de ceux qui voudraient la capturer, et ne prend jamais rien aux autres. Oublier cela, c'est s'écarter du droit chemin car, malgré les rumeurs qui courent parfois, un Argosi ne vole jamais, jamais rien.

1. *Le charme*

– Ce n'est pas du vol, protestai-je d'une voix un peu trop forte, dans la mesure où mon seul public était un chacureuil de cinquante centimètres de haut occupé à triturer le cadenas qui protégeait le contenu d'une vitrine dans la boutique d'un prêteur sur gages.

Rakis, une oreille collée au cadenas, faisait lentement tourner les trois petites roues entre ses pattes habiles. Il feula d'un air furieux :

– Tu peux la fermer une seconde ? C'est pas aussi facile que ça en a l'air.

Son arrière-train dodu tremblait sous le coup de l'agacement.

Si vous n'avez jamais vu de chacureuil, essayez de vous représenter un chat avec une sale tête, une grosse queue touffue et de fines palmures duveteuses sur les flancs, qui lui permettent de planer – un spectacle à la fois ridicule et terrifiant. Sans oublier une âme de voleur, de maître chanteur et, si vous croyez à toutes les histoires de Rakis, d'assassin plus souvent qu'à son tour.

– J'y suis presque, souffla-t-il.

Ça faisait une heure qu'il disait ça.

Des rayons de lumière filtraient maintenant par les interstices des volets et sous la porte de la boutique. Des gens allaient bientôt surgir dans la rue principale pour ouvrir leur magasin ou boire un indispensable premier verre matinal au saloon. C'est comme ça que ça se passe ici, dans les terres de la Frontière : on s'arrange pour s'enivrer des vapeurs de l'alcool avant même le petit déjeuner. C'est l'une des nombreuses raisons pour lesquelles les gens du coin ont tendance à recourir à la violence au moindre différend. C'était aussi la raison pour laquelle j'avais les nerfs à vif.

– On aurait pu se contenter de briser la vitrine et de laisser un peu d'argent en dédommagement, dis-je.

– *Briser* la vitrine ? grogna Rakis d'un ton méprisant. Amateur, va. Tout doux, tout doux…, fit-il à l'intention du cadenas.

Il y eut un cliquetis et, une seconde plus tard, il brandissait l'objet en cuivre entre ses pattes.

– Tu vois ? *Ça*, c'est du cambriolage.

– Ce n'est *pas* un cambriolage, protestai-je pour ce qui devait être la dixième fois depuis qu'on s'était introduits dans la boutique à la faveur de la nuit. On lui a *payé* ce charme, tu te souviens ? C'est *lui* qui nous a volés.

Rakis prit un air dédaigneux.

– Et à ce moment-là, qu'est-ce que tu as fait, Kelen ? Tu es resté planté là comme un crétin pendant qu'il empochait cet argent qu'on a eu tant de mal à gagner. C'est tout ! (Pour ce que j'en savais, Rakis n'avait jamais gagné le moindre sou de sa vie.) Tu aurais dû lui arracher la jugulaire à coups de dents, comme je te l'avais dit.

La solution aux dilemmes les plus épineux, en

tout cas pour les chacureuils, c'est de mordre au cou la source du problème, puis de filer avec le plus gros morceau possible de chair sanguinolente.

Je renonçai à répondre et j'ouvris la vitrine pour en sortir la petite clochette en argent reliée à un disque fin, lui aussi en argent. Son bord orné de glyphes brillait dans la faible lueur matinale. C'était un charme de silence, un véritable objet magique Jan'Tep. Grâce à lui, je pourrais jeter des sorts sans produire l'écho qui permettait aux chasseurs de primes de nous repérer. Pour la première fois depuis notre fuite des territoires Jan'Tep, j'avais l'impression que je pouvais – presque – souffler un peu.

– Hé, Kelen ? lança Rakis en sautant sur le comptoir pour examiner le disque en argent au creux de ma main. Ces trucs écrits sur le charme, c'est de la magie, non ?

– Plus ou moins. Ça sert à lier un sort au charme. Depuis quand tu t'intéresses à la magie ?

Il désigna le cadenas à code.

– Depuis que ce machin a commencé à briller.

Une série de trois glyphes complexes rougeoyaient sur le cadenas cylindrique en cuivre. L'instant d'après, la porte s'ouvrit en grand et la lumière du soleil inonda la boutique du prêteur sur gages. Une silhouette me plaqua au sol, opposant une fin brutale à une intrusion qui, à la réflexion, aurait gagné à être mieux préparée.

Quatre mois dans les terres de la Frontière m'avaient conduit à cette conclusion irréfutable : je faisais un très mauvais hors-la-loi. J'étais incapable de chasser, je me perdais sans arrêt et, apparemment, toute personne que je rencontrais trouvait aussitôt une bonne raison de me voler ou bien de me tuer.

Parfois les deux.

2. *La voie des poings*

Recevoir un coup de poing en pleine figure, ça fait bien plus mal qu'on pourrait le croire.

Quand les jointures d'une main entrent en contact avec votre mâchoire, c'est comme si quatre minuscules béliers courroucés tentaient de s'introduire de force dans votre bouche. Vos dents vous trahissent en mordant votre langue et en expédiant au fond de votre gorge du sang au goût de fer. Le craquement que vous entendez ? Il est très similaire à ce que vous avez toujours imaginé être le bruit d'un os qui se brise, ce qui est sans doute la raison pour laquelle votre tête a déjà pivoté d'un quart de tour, de façon à quitter la scène de crime en compagnie de votre menton.

Le pire ? Une fois que vous commencez à retrouver l'équilibre et que vous ouvrez péniblement les yeux, vous vous souvenez que votre terrible adversaire est un gamin tout maigre couvert de taches de rousseur qui doit avoir à peine treize ans.

– Fallait pas vouloir me piquer mon charme, lança le Rouquin.

Il s'avança et je m'écartai d'instinct, mon corps préférant visiblement prendre le risque de s'écrouler tout seul plutôt que de recevoir un nouveau coup. Des rires s'élevèrent et les gens du coin, qui avaient quitté les boutiques et les saloons pour assister à la bagarre, se mirent à parier.

Sauf que personne ne pariait sur moi ; mon peuple recèle peut-être les meilleurs mages du continent, mais quand il s'agit de combattre à mains nues, nous sommes nuls.

– J'avais acheté ce charme ! protestai-je. Et maintenant, je l'ai remis dans la vitrine ! T'as aucune raison de…

Le Rouquin leva le pouce vers Rakis, perché sur l'enseigne du magasin suspendue à deux chaînes, qui tripotait la clochette en argent accrochée au charme. Chaque fois que le Rouquin me frappait, Rakis faisait tinter la clochette. Il trouvait ça très drôle. Voilà le genre de chose qui amuse les chacureuils.

– Tu crois que j'ai passé la nuit à chercher la combinaison de ce cadenas pour que tu lui rendes ce bidule ? me cracha-t-il.

– T'es qu'un voleur, lançai-je au chacureuil.

Le visage du Rouquin prit une teinte encore plus rouge ; il croyait que c'était à lui que je parlais. J'oubliais sans cesse que les gens ne comprenaient pas Rakis. Pour eux, il n'émettait que des grognements et autres feulements.

Le Rouquin poussa un cri et me fonça dessus. L'instant d'après, j'étais au sol, le souffle coupé, livré aux coups de mon adversaire.

– Tu peux pas esquiver quand t'es étendu par terre, gamin, déclara Furia Perfax avec son accent traînant de la Frontière.

Elle était adossée au poteau auquel on avait attaché nos chevaux, un chapeau noir incliné très bas sur le front, comme si elle faisait une sieste. Elle répéta :

– Tu peux pas esquiver quand t'es étendu par terre.

– Tu pourrais m'aider, tu sais, protestai-je.

Ou plutôt, c'est ce que j'aurais dit si j'avais eu de l'air dans les poumons.

Furia était mon mentor pour tout ce qui avait trait aux manières des Argosi, ces joueurs de cartes mystérieux qui se moquaient encore plus vite qu'ils ne frappaient et qui parcouraient le monde pour… en fait, personne ne m'avait jamais vraiment expliqué ce qu'ils faisaient. Furia était censée m'apprendre à survivre en tant que hors-la-loi et à échapper aux mages chasseurs de primes qui nous traquaient. Elle accomplissait sa mission en dispensant des axiomes tels que : « Tu peux pas esquiver quand t'es étendu par terre. » Cette réplique m'ennuyait presque autant que le fait qu'elle m'appelle sans cesse « gamin ».

– Je t'avais dit de laisser tomber pour le charme, gamin, fit-elle.

J'aurais peut-être tenu compte de son avertissement si elle ne s'était pas mise à sortir ces âneries d'Argosi sur « la voie de l'eau ». Ça m'avait tellement énervé que j'avais fini par suivre le conseil d'un chacureuil pour qui la solution à tout problème, quand ça n'impliquait pas d'arracher la gorge de quelqu'un à coups de dents, était de voler. Alors, c'était leur faute à tous les deux si je me retrouvais par terre, avec le

Rouquin au-dessus de moi qui voulait absolument m'assommer.

Une chose que j'ai apprise au sujet des combats non magiques, c'est qu'il faut se protéger le visage, ce que je tentais de faire. Malheureusement, mon adversaire n'arrêtait pas de repousser mes mains pour mieux frapper. «Ancêtres, comment cette mauviette parvient-elle à me frapper aussi fort?»

Toujours à califourchon sur moi, le Rouquin remonta le long de mon torse, me saisit un poignet puis plaça une main autour de mon index.

– On connaît tous le prix à payer pour un vol, déclara-t-il en commençant à le replier en arrière.

Je fus saisi de panique avant même que la douleur surgisse. Chaque sort Jan'Tep requiert de créer une forme somatique bien précise avec ses mains. Ce qu'il est impossible de faire avec des doigts cassés.

Je donnai un coup de hanche désespéré, ce qui envoya le Rouquin cul par-dessus tête dans la poussière. Je roulai rapidement sur le côté et me redressai. Mais mon adversaire m'attendait déjà.

– Je vais te saigner, dit-il.

«Je vais te saigner.» Une expression qui résumait parfaitement ce coin chaud et aride appelé les Sept Sables : un patchwork désertique qui n'était autre qu'une vaste étendue de poussière parsemée de trous paumés remplis de gens rustres et méchants qui, à la moindre occasion, oubliaient de faire semblant d'être civilisés. Or, les occasions ne manquaient pas.

Comme s'il craignait que je ne l'aie pas entendu la première fois, le Rouquin répéta encore plus fort :

– Je vais vraiment te saigner.

Je laissai tomber les mains le long de mes flancs, un réflexe développé pendant toute la première partie d'une vie entièrement consacrée à l'apprentissage de la magie, et non aux affrontements physiques ; on ne peut pas jeter un sort si on a les poings serrés comme un barbare. Je détendis mes doigts pour leur permettre d'atteindre les bourses de poudre attachées à ma ceinture. Il m'en fallait une quantité infime : un soupçon de rouge, une pincée de noir. Il me suffisait de les jeter en l'air, de créer la forme somatique adéquate avec mes mains, de prononcer l'incantation composée d'un seul mot, et le Rouquin en aurait pour son argent.

La plupart des mages Jan'Tep disposent de sorts bien plus puissants et plus élaborés que les miens. Je compense mon manque de talent par mon ingéniosité. Je suis ce que les miens appellent, avec dérision, un frondeur de sort : un mage qui combine le peu de magie dont il dispose avec tous les trucs qu'il trouve de façon à rester en vie. Dans mon cas, un peu de magie du souffle mêlée à une pincée de poudres explosives. Séparément, elles ne servaient à rien mais, rassemblées au moment adéquat, elles pouvaient provoquer une explosion capable de défoncer une porte en chêne comme si c'était une feuille de papier humide. Le Rouquin allait avoir la surprise de sa vie.

– Pas de magie, gamin, tu te souviens ? me lança Furia.

« Ah oui, c'est vrai. »

Si je convoitais ce charme de silence, c'est parce que dès que j'utilisais la magie, cela provoquait une sorte d'écho mystique permettant aux traqueurs de sort, des mages spécialisés dans la recherche d'autres mages, de retrouver ma trace. Et comme leur échapper était mon ambition suprême du moment, Furia avait déclaré que je devais cesser de compter sur la magie pour me sortir de toute situation embarrassante. Le problème, c'est que le Rouquin revenait déjà, les poings serrés, prêt à m'envoyer rejoindre mes ancêtres.

– Tu as gagné, dis-je en levant les mains et en reculant. Je vais te rendre le charme, et tu pourras garder l'argent.

Il se pouvait que ça ne fût pas mon moment le plus glorieux.

– Je veux le charme, le fric, et ton animal pour l'écorcher vif, annonça le Rouquin en désignant l'enseigne où Rakis était perché. Je me ferai un chapeau avec sa fourrure, ou alors j'y foutrai le feu pour le regarder courir jusqu'à ce qu'il crève carbonisé.

Ces mots constituèrent aussitôt une pierre froide et dure dans mes intestins. Quelques mois auparavant, j'avais vu un membre de mon peuple utiliser la magie de la braise pour exterminer la tribu de Rakis. Cette vision était encore brûlante en moi, tout autant que la joie sur le visage de l'assassin. Qui ressemblait beaucoup à celle du Rouquin à cet instant.

Furia dit que la colère et la peur sont les deux faces d'une même pièce. Le Rouquin venait de jouer la mienne à pile ou face.

Une douleur perçante envahit mon œil gauche, comme une migraine, mais en bien pire. Je tentai de la chasser en clignant des paupières, en vain. Elle augmenta encore. Le soleil matinal s'effaça tandis que chaque ombre demeurait, grandissait et enflait à mesure que le monde s'obscurcissait tout autour de moi, comme lorsque les rêves deviennent cauchemars. À ce détail près que je ne dormais pas.

– Ressaisis-toi, gamin, m'ordonna Furia.

Elle m'avait déjà vu dans cet état, mais son avertissement vint trop tard : sa voix semblait me parvenir de très loin, à croire que Furia n'était déjà plus que le souvenir de quelqu'un que je connaissais.

En revanche, le rire du Rouquin ne cessait d'enfler à mes oreilles. Son sourire se faisait de plus en plus large, ce qui lui déformait les traits. Quand je suis dans cet état, je vois uniquement la laideur et la méchanceté des gens. C'était comme si je regardais le Rouquin se transformer en la pire version de lui-même : un être qui aimait faire du mal, capable de ricaner à l'idée de mettre le feu à la fourrure du chacureuil.

La colère en moi se fit si forte que je cessai de ressentir la douleur dans mon œil et ne remarquai même pas que j'avais plongé les mains dans les bourses à ma ceinture. L'instant d'après, je vis les particules de poudre rouge et noire flotter dans l'air. Juste avant qu'elles entrent en contact, mes mains créèrent la forme somatique : l'annulaire et l'auriculaire pressés contre la paume en signe de maîtrise ; l'index et le majeur tendus en signe d'envol ; et le pouce vers les cieux, en signe de « ancêtres, débrouillez-vous pour que je ne me fasse pas sauter les mains ».

– *Carath*, dis-je, mes lèvres prononçant à la perfection chaque syllabe.

Un éclair de rage et de fureur frappa. Pas suffisant pour tuer, mais plus qu'assez pour faire très mal. Des flammes rouge et noire s'enlacèrent dans l'air comme deux serpents nerveux, puis frôlèrent l'épaule du Rouquin et mirent le feu à la façade de sa boutique. Une jolie démonstration de puissance, si cette vitrine avait été ma cible. Le problème, c'est que se prendre des coups de poing empêche de viser avec précision.

La douleur dans mon œil disparut, les visions sombres se dissipèrent. Ne restaient plus que la rue poussiéreuse et l'air consterné des spectateurs. Ces attaques prennent possession de moi, puis me laissent faible et déstabilisé – pas vraiment le meilleur état pour se défendre.

Quelles qu'aient été la surprise et l'indignation du Rouquin, il les oublia rapidement. Avant que je puisse me protéger le visage avec les bras, il me mit une droite juste au-dessus de la joue gauche. Son poing revint couvert de sang. Son air suffisant vira à la stupeur quand il remarqua aussi les traces beiges de la pâte de *mesdet* sur ses articulations. Il leva les yeux vers moi, et c'est là qu'il remarqua les fines lignes qui entouraient mon œil gauche telle une vigne faite de pure noirceur.

– L'ombre au noir, murmura-t-il.

L'expression se répandit dans la foule comme une traînée de poudre.

– La peste du démon ! s'exclama l'un des spectateurs.

Saisis d'horreur, la plupart reculèrent, mais le Rouquin était de toute évidence d'une autre trempe. Il n'avait même pas l'air effrayé quand il déclara :

– Je me disais bien que le voleur de ce truc devait être maudit par le diable.

S'ils m'avaient laissé une chance de m'exprimer, je leur aurais expliqué que l'ombre au noir n'est ni une épidémie, ni même un sort, plutôt une maladie mystique qui affecte quelques individus de mon peuple et n'est absolument pas, pour toute la connaissance que j'en ai, contagieuse. J'aurais cependant passé sous silence le fait qu'elle provoque des visions terribles qui vous rendent fou jusqu'à ce que votre magie devienne un danger pour tous, si bien que n'importe quel Jan'Tep qui croisait ma route se devait de me tuer.

Mais à cet instant, rien de tout ça n'avait plus d'importance parce que le Rouquin me comprimait le cou à deux mains. Je tirai sur ses poignets, paniqué, dans un effort pour me libérer, mais il serrait trop fort. J'étais parcouru de spasmes, je cherchais désespérément mon air. L'univers commença à rétrécir tout autour de moi. « Pourtant, me disais-je, il doit bien y avoir un moyen ingénieux de se libérer d'une clef de cou. »

J'avais encore plein de trucs à apprendre.

3. *Le prix rouge*

Je ne dus pas perdre connaissance plus d'une seconde, parce que juste avant que ma tête heurte le sol, j'ouvris les yeux et je vis le Rouquin s'envoler. D'abord, je crus que j'avais réussi à jeter un nouveau sort, puis je me rendis compte que Furia s'était contentée d'attraper le garçon par le col de sa chemise.

Dommage. Je n'aurais pas refusé un peu de magie supplémentaire.

Je crachai de la poussière. Mon adversaire était couché sur le dos à quelques mètres de là et Furia se tenait entre moi et un gros bras aux épaules larges, sans doute de la famille du Rouquin, car il avait les mêmes taches de rousseur et le même air méchant.

– Vaudrait mieux t'écarter, femme, dit-il en l'examinant avec ses petits yeux qui louchaient. Un démon possède l'esprit de ce garçon, et je vais l'envoyer au paradis noir.

« Le paradis noir ». Les terres de la Frontière ont plein d'expressions imagées et spirituelles de ce genre.

– Les amis, on va pas s'énerver pour une tache de naissance. Vous autres personnes éduquées et cultivées de la Frontière n'allez tout de même pas tomber dans le piège de ces vieilles superstitions, déclara Furia, donnant à ses paroles une tonalité à la fois solennelle et drôle.

Considérer ces gens comme éduqués et cultivés était très optimiste, mais plut à quelques-uns. Une femme fit un petit pas vers moi pour m'examiner.

– Si c'est juste une tache de naissance, pourquoi il la cache ?

Furia s'approcha de moi et passa un doigt autour de mon œil pour racler un peu plus de pâte, si bien que les traces devinrent encore plus visibles.

– Parce que c'est disgracieux, voilà pourquoi ! Le garçon est coquet !

Sur ce, elle rugit de rire.

La foule jugea son rire contagieux. Je ne sais pas comment elle se débrouille, mais Furia sait toujours ce qu'il faut dire pour rallier les gens à son point de vue.

La plupart des gens, en tout cas.

Car le Loucheur pointait un doigt sur moi.

– Moi, je dis qu'il a la peste du démon, et même si ça existe pas, ce sale petit Jan'Tep a essayé de voler quelqu'un de ma famille. Alors il doit payer le prix rouge.

Dans les Sept Sables, le prix rouge, c'est plus ou moins un synonyme de « je vais te saigner ».

– Il me semble que Kelen a déjà payé très cher pour ce colifichet, répondit Furia en désignant Rakis, toujours perché sur l'enseigne de la boutique, qui continuait à agiter la clochette en argent attachée au charme. Et ensuite, votre gars en a voulu encore plus.

– On s'en fout. Un voleur, c'est un voleur, et le prix rouge, ça veut dire qu'il va y laisser les doigts.

Furia fit l'un de ses grands sourires.

– Le bon sens nous commande d'en rester là. Pour l'instant, ce qui compte, c'est que votre fils a mis KO un garçon qui fait deux fois sa taille. Ça fait une bonne histoire à raconter à vos compagnons en buvant un coup au saloon.

Le Loucheur lui rendit son sourire.

– Ça sera encore une meilleure histoire si je leur montre les os des doigts de votre fils.

Un goût acide emplit ma bouche. J'étais déjà terrifié à l'idée que le Rouquin me brise les doigts. Mais si on me les coupait, ça signifiait que je ne pourrais plus *jamais* jeter le moindre sort de toute ma vie.

Furia baissa la voix, de façon que seuls le type et moi, on entende :

– Je pense pas que ça sera une si bonne histoire quand vos amis vous feront remarquer qu'après avoir essayé de couper les doigts d'un innocent, vous vous êtes fait botter le cul par une femme à peine plus grosse que votre bras gauche. Qu'en dites-vous ?

Un instant, je vis le Loucheur réfléchir, puis il remonta ses manches avant de comprimer ses grosses paluches en forme de poings pour faire craquer ses jointures.

– Pas de quartier sous prétexte que vous êtes une dame.

– Oh, j'ai rien d'une dame, alors vous en faites pas pour ça, répliqua Furia en retirant son chapeau de la Frontière qu'elle posa par terre, libérant ainsi une cascade de cheveux roux sur ses épaules. Vous avez envie d'une danse, l'ami ? Voilà ce que je vous propose, dit-elle en tapotant sa mâchoire avec un doigt ganté. Frappez-moi ici du plus fort que vous pouvez, puis, si vous êtes toujours pas satisfait, ça sera mon tour, et ensuite, on verra jusqu'où ça nous mène.

La foule bruissait d'excitation. Des pièces de monnaie changeaient de main, sauf que personne ne pariait sur le fait que Furia gagne ou perde, juste sur la vitesse à laquelle elle allait perdre, et à quel prix.

Depuis le peu de temps que je connaissais Furia, je ne l'avais jamais vue faire marche arrière. Certes, elle était une Argosi, mais j'avais tendance à penser que c'est surtout parce qu'elle était folle. Le problème, c'est que ce type l'était aussi et qu'il avait l'air assez costaud pour lui arracher la tête.

Je roulai sur le flanc et glissai mes mains sous moi, prêt à bondir.

Furia agita discrètement les doigts pour me faire signe de ne pas m'en mêler.

– C'est quand vous voulez, dit-elle au Loucheur.

Elle avait reculé le pied droit et tendait le cou pour que le gros type ait sa mâchoire en ligne de mire.

Il se retourna comme s'il s'apprêtait à lancer un bon mot à ses amis, puis frappa d'une telle force qu'il aurait pu déraciner un tamarix de plus de deux mètres de haut.

Depuis le début, je me disais que Furia allait esquiver ou plonger pour éviter le coup, qu'elle avait peut-être prévu de passer par-dessous pour le frapper à l'entrejambe ou à la gorge, mais il fut trop rapide. Elle reçut le coup en pleine mâchoire, sa tête jaillit vers la droite, puis ses épaules et le reste de son corps suivirent jusqu'à ce qu'elle se retrouve face à moi.

Elle resta debout, l'air hébété, comme si elle avait perdu connaissance mais que son corps l'ignorait encore. Je plongeai les mains dans les bourses à mes flancs. Si le Loucheur essayait de frapper à nouveau, j'allais l'envoyer au véritable paradis et je m'occuperais ensuite des conséquences. Mais je doutais que ce soit nécessaire, parce que je n'avais jamais vu quelqu'un recevoir un coup aussi puissant que Furia à l'instant.

Tout à coup, elle retroussa le coin de ses lèvres et me fit un clin d'œil.

Avant que je puisse pousser un soupir de soulagement, Furia Perfax se plaça face à l'homme qui l'avait frappée et déclara, très calme :

– Disons que c'était un coup d'essai. Vous voulez une deuxième chance avant que ça soit mon tour ?

Le Loucheur parut avoir avalé sa langue.

– Comment ? Comment vous… ?

Furia se pencha pour ramasser son chapeau.

– J'apprécie votre galanterie. Puisque vous vous sentez d'humeur si généreuse, nous laisseriez-vous partir, maintenant ?

Un calme sinistre s'abattit sur la rue. La foule nous observait en attendant que l'un de nous bouge. Il y eut de nouveaux paris, et plusieurs badauds sortirent un couteau de leur ceinture. Le Loucheur avait des amis prêts à le défendre.

Dommage que ça ne soit pas notre cas. Pendant ce temps, le gros type ne quittait pas Furia des yeux, et elle non plus. Rakis feula depuis son perchoir :

– Pourquoi ils se matent comme ça ? Ils veulent s'accoupler, maintenant, ou quoi ?

La dernière chose dont on a envie dans une situation pareille, c'est de rire comme un idiot ; pourtant, c'est ce que je fis. Tout le monde me fusilla du regard, à l'exception des deux adversaires. Je ne voyais pas les yeux de Furia, mais ils semblèrent faire réfléchir le Loucheur au sujet du prix rouge.

– Je crois que vous avez compris la leçon, marmonna-t-il. Rendez le charme, et vous pourrez partir.

– Marché conclu, dit Furia. (Elle alla détacher nos montures.) Kelen, demande au chacureuil de descendre et de rendre gentiment sa babiole au monsieur.

Puis elle se retourna et partit en direction de la sortie de la ville.

Je cherchais encore à comprendre ce qui venait de se passer quand Rakis sauta de l'enseigne en écartant les pattes de façon à permettre aux fines membranes duveteuses de ses flancs de se gonfler d'air. Les gens semblèrent stupéfaits ou inquiets, et quelques-uns mirent les mains devant leur torse en imitant une petite maison avec leurs doigts. Sans doute une croyance populaire disant que ça permettait de chasser le diable. Il arrive qu'en présence de Rakis, les gens se révèlent superstitieux.

Le chacureuil se laissa doucement glisser

jusqu'au sol, mais son atterrissage gracieux fut gâché par le regard noir qu'il me décocha tandis que, de ses pattes habiles, il détachait la clochette en argent du charme.

– Si t'avais égorgé ce gamin comme je te l'avais dit, on serait en train de lui bouffer les yeux à l'heure qu'il est.

Il jeta le charme par terre derrière lui puis fit tinter la clochette à mon intention.

– Je la garde, déclara-t-il.

Et il partit rejoindre Furia en me laissant seul dans la poussière au milieu d'une foule qui se demandait si, finalement, ça ne valait pas le coup de me couper les doigts.

– T'as pas intérêt à refoutre les pieds ici, l'ombre au noir, me lança quelqu'un.

Quelques autres murmurèrent leur assentiment.

J'acquiesçai et je me relevai.

À l'âge de seize ans, ma tête était déjà mise à prix dans la moitié des lieux que j'avais fréquentés. Sans argent, sans puissance et sans ce charme, je signalerais à n'importe quel mage présent dans les terres de la Frontière tout endroit où je jetterais le seul sort que je connaissais.

Mes compagnons de voyage étaient une joueuse de cartes argosi qui ne formulait jamais de réponse claire et un chacureuil assassin dont la nourriture préférée était les yeux des humains.

Bienvenue dans la vie d'un frondeur de sort hors-la-loi.

4. *De l'art de remporter un combat*

On passa le reste de la journée à chevaucher sur une vieille route pavée qui serpentait au milieu de collines arides, tandis qu'un vent vif faisait voler du sable tout autour de nous telles des vagues sur un océan infini.

Selon Furia, les Sept Sables s'appelaient ainsi à cause des minéraux contenus dans leur sol, qui donnaient à la surface de chaque région une couleur différente. Aux alentours de ma cité Jan'Tep, que j'avais quittée quatre mois plus tôt, le sable était doré à cause du mélange de fer et de quartz. Plus au nord, les particules riches en olivine produisaient un vert émeraude étincelant, mais maintenant qu'on se dirigeait vers l'est, des dépôts riches en lazurite teintaient le sable en bleu azur. J'aurais pu trouver ces paysages splendides si, depuis que je voyageais, les gens ne passaient pas leur temps à essayer de me faire la peau.

Sans le charme, totalement désargenté et débarrassé d'une bonne part de ma dignité, je commençais à douter sérieusement de mon avenir en tant que hors-la-loi.

– Je crois que je vais mourir ici.

Ces propos avaient paru bien plus dramatiques

dans ma tête. À cause de ma mâchoire meurtrie et de ma langue gonflée, ils sortirent sous forme de « ye… vais… ci ».

Furia eut pourtant l'air de saisir le sens global de mes borborygmes.

– Les terres de la Frontière sont l'endroit le plus sûr pour nous en ce moment, gamin, avec l'ombre au noir et tout le reste. Il y a ici moins de mages que dans l'arcanocracie Jan'Tep, moins d'assassins que dans l'empire daroman, et je ne te parle même pas des vizirs berabesq. Ces types te mettraient sur un bûcher à l'instant où ils te verraient.

– Alors qu'ici, ces barbares veulent juste me sectionner quelques doigts.

Je me frottai de nouveau la joue en regrettant d'avoir dit adieu à mon clan. Ma mère aurait pu faire disparaître les contusions et la douleur avec ses baumes de guérison. Au lieu de quoi, j'étais condamné à errer dans les terres de la Frontière où le summum de la médecine, c'est une scie rouillée et le conseil de se préparer à la douleur.

Bien sûr, si j'étais resté à la maison, Shalla, ma sœur cadette, se serait moquée de moi pour m'être fait casser la figure. Je l'imaginai bras croisés, en train de me toiser d'un regard désapprobateur. « Un mage Jan'Tep de la maisonnée de Ke ne se bagarre pas avec des péquenauds de la Frontière ou de minables traqueurs de sort, Kelen. »

Shalla me manquait. On avait beau n'être d'accord sur à peu près rien, c'était ma sœur. Parfois, même mes parents me manquaient, alors qu'ils n'avaient pas hésité à contrecarrer ma magie, me privant ainsi de presque tout pouvoir, dès qu'ils avaient compris que j'étais atteint de l'ombre au noir. Mais celle qui me manquait par-dessus tout, c'était Nephenia, avec ses cheveux sombres et son sourire timide. Chaque fois que je croyais l'avoir comprise, elle me prouvait que j'avais tort. Nous n'avions échangé qu'un seul baiser, mais je jure que, même sous les bleus qui déformaient mon visage, je sentais encore la caresse de ses lèvres sur les miennes.

« Ancêtres, j'ai terriblement envie de rentrer à la maison. »

Mais il y avait encore plus de gens qui voulaient ma mort dans ma cité que dans les terres de la Frontière. Comment étais-je supposé m'en sortir face à des mages guerriers et autres traqueurs de sort alors que je ne parvenais même pas à gagner une bagarre contre une mauviette de treize ans ?

Rakis grogna depuis mon épaule. Il avait beau être un peu trop grand et trop lourd pour que cette position soit confortable pour lui comme pour moi, c'était son perchoir favori. Rien à voir avec une quelconque affection à mon égard : le nabot voulait juste dominer la situation.

– T'aurais dû m'écouter, fit-il d'une voix pâteuse.

Il lui arrivait de subtiliser la flasque que Furia gardait dans sa sacoche.

J'ouvris et refermai la bouche à plusieurs reprises jusqu'à prononcer correctement, malgré la douleur :

– Rappelle-moi ton conseil, déjà ?

Rakis souffla dans mon oreille. C'était sa version d'un soupir.

– Pour commencer, tu plantes tes dents dans le cou de ton adversaire, dit-il en ouvrant grand la gueule pour dévoiler ses crocs et ses mâchoires. Puis tu secoues jusqu'à lui arracher des bouts de chair. C'est pourtant simple.

– D'accord. J'essaierai de m'en souvenir, la prochaine fois.

Inutile de discuter technique de combat avec un chacureuil. Dès que j'essayais, il me mordait en répliquant : « Tu vois ? Qui a gagné, qui a perdu ? »

– Tu peux lui arracher les yeux, aussi, reprit-il. Ça marche bien.

– Pigé.

– Et ne jamais négliger les oreilles. On sous-estime toujours les oreilles, alors que ça fait vraiment mal.

Furia gloussa.

– Le petit salaud est encore en train de parler de bouffer des yeux, c'est ça ?

Elle ne possédait pas le mystérieux lien avec Rakis qui me permettait de traduire ses feulements, grondements et autres pets en mots mais, de toute évidence, elle avait fréquenté assez de chacureuils dans sa vie pour savoir qu'ils se considèrent comme les prédateurs suprêmes du règne animal.

– Là, il parle des oreilles, précisai-je.

Furia secoua la tête, et ses boucles de cheveux roux suivirent le mouvement.

– C'est leur grand truc. Les yeux, les oreilles, la langue. On pourrait espérer qu'ils aient parfois des idées nouvelles.

– Faut ch'en tenir à che qui marche.

Je tournai la tête vers lui.

– T'es bourré ou quoi ? T'as vraiment l'air bizarre.

Furia gloussa.

– Non, gamin, il a pas bu.

– Et donc ?

Un sourire satisfait s'afficha sur la tête poilue du chacureuil.

– Rakis, qu'est-ce que tu as fait ? demandai-je.

Il ne répondit pas tout de suite, alors je continuai à le dévisager. Ce qu'il détestait. Au bout de quelques instants, il ouvrit grand la bouche et tira la langue pour me montrer les trois pièces qu'il avait cachées dessous.

– Espèce de… Tu les as reprises ? Pendant que je me faisais casser la gueule, tu es retourné dans la boutique et tu as encore volé un truc à ces types ?

Rakis bondit de mon épaule jusqu'au pommeau de ma selle puis plongea une patte dans sa gueule pour en extraire les pièces.

– C'est les bouseux qui nous ont volés en premier, tu te souviens ? marmonna-t-il. Il fallait bien que quelqu'un récupère cet argent gagné à la sueur de notre front.

Il entreprit de ranger les pièces dans un petit sac en velours noir dissimulé sous le pommeau. Il m'avait demandé de le lui acheter pour y mettre ses effets personnels. En étant très clair quant aux représailles sur d'éventuels doigts baladeurs. Pareil pour « notre » argent, gagné à la sueur de « notre » front.

On poursuivit notre route jusqu'à ce que le soleil disparaisse à l'horizon. Là, Furia me demanda :

– T'es prêt à discuter de ce qui s'est passé en ville, gamin ?

– Tu parles de la mort par strangulation à laquelle j'ai échappé ?

– Je parle de quand tu as failli arracher la tête à ce gamin avec ton petit sort.

Pour quelqu'un censé m'apprendre à rester en vie, Furia passait beaucoup de temps à s'inquiéter du bien-être de mes adversaires.

– Il n'y avait pas assez de poudre pour le tuer, insistai-je. Juste assez pour…

– Pour ? Le brûler ? Le défigurer à vie ?

– C'est à cause de l'ombre au noir, plaidai-je. Des fois, elle…

– L'ombre enlaidit le monde autour de toi, Kelen, me coupa-t-elle. Mais elle ne te fournit pas l'excuse de devenir laid toi-même. Ce n'est pas ça, la voie des Argosi.

« La voie des Argosi. Allez savoir ce que ça veut dire. »

Je voulus tourner la tête, mais elle tendit la main pour m'attraper le menton et le tint fermement tandis qu'on continuait à chevaucher.

– Ces marques deviennent plus grandes chaque fois que tu te sers de la magie, tu le sais, non ?

– C'est dans ton imagination, dis-je en la repoussant. Et puis, comment je peux me défendre si tu ne m'enseignes pas les techniques de combat argosi ?

– Je n'arrête pas de te le dire, gamin, les techniques de combat argosi, ça n'existe pas, dit-elle en plongeant la main dans son gilet en cuir noir pour attraper l'un de ses longs et fins roseaux de feu. Se bagarrer, ce n'est pas non plus la voie des Argosi.

« Se bagarrer », c'est ce que Furia disait chaque fois que j'avais des ennuis.

– Pourtant, je t'ai vue te battre contre ce type ! Il était immense, en plus !

– C'est vrai, il était costaud, reconnut-elle. Mais je ne me suis pas bagarrée. J'ai juste un peu dansé avec lui.

– Son coup de poing aurait arraché la tête de toute personne normale. Tu dois avoir une mâchoire en acier !

Elle sourit, comme si j'avais dit quelque chose de drôle, puis alluma son roseau de feu avec une allumette qu'elle sortit de la manche de sa chemise en lin. Après une longue et lente bouffée, elle lâcha un immense nuage de fumée qui nous enveloppa tous deux dans un brouillard bleuté.

– Gamin, je n'ai pas la mâchoire plus solide que la tienne. Pense à ce que tu as vraiment vu, pas à ce que tu t'attendais à voir.

Ayant passé les seize premières années de ma vie à visionner des sorts de façon à être capable de les jeter un jour, j'ai une excellente mémoire visuelle. Comme je me remémorais la bagarre, je vis Furia qui présentait sa mâchoire à son adversaire, son pied droit derrière elle. Le Loucheur l'avait frappée avec une force qui partait de ses hanches et de ses épaules. Puis… je me souvins alors de quelque chose d'étrange. Les événements s'étaient déroulés trop vite pour que je voie bien mais, en y réfléchissant, j'aurais juré qu'au moment où le coup avait porté, non seulement Furia était déjà en train de pivoter sur elle-même, mais son corps basculait aussi vers l'arrière. Ce qui signifiait qu'à l'instant où le poing du type était entré en contact avec son menton, elle avait anticipé le coup de façon à en atténuer la force.

– Tu l'as trompé ! m'exclamai-je. On a eu l'impression qu'il te frappait de toutes ses forces, alors que son coup a à peine porté, c'est ça ?

Furia se frotta la mâchoire.

– Son coup a porté, je te l'assure. Moins que ça, il aurait compris que j'avais esquivé.

– Tournoyer aussi vite, c'est comme…

– Danser, conclut-elle.

Quand on étudie la magie, on apprend avant tout la précision. Le jeté de sorts est une science exacte. Chaque syllabe que l'on prononce, chaque forme somatique que l'on crée avec ses doigts et l'image qu'on se représente, tout doit être impeccable. Mais rien de ce que j'avais appris n'équivalait au talent de Furia pour maîtriser une telle manœuvre.

– Le rythme doit être parfait, dis-je dans un murmure, ou presque.

– Le rythme, c'est de la danse, dit-elle, comme si ça expliquait tout.

Je ne comprenais toujours pas.

– Mais pour ça, tu devais savoir exactement quand il allait frapper avec son poing. Alors comment…

Et là, ça me revint : juste avant, elle avait tapoté son menton du doigt et s'était penchée pour en faire une cible évidente. D'un autre côté, tout le reste – le mouvement, les angles – devait être maîtrisé à la perfection.

– Il aurait pu te briser le cou, conclus-je.
– Peut-être.
Je sentis mes joues rougir sous le coup de la honte.
– Tu as risqué ta vie pour sauver la mienne. Une fois de plus.
Furia ajusta son chapeau et cacha ses boucles rousses dessous.
– Eh bien, ça fait de moi quelqu'un de noble, non ?
Avant que je puisse répondre, elle fit démarrer son cheval au trot et le mien l'imita.
– Allez, mettons un peu plus de distance entre cette ville et nous, histoire que je ne doive pas être anoblie deux fois dans la même journée.

5. *Contes au coin du feu*

Ce soir-là, on se prépara comme d'habitude à passer la nuit à la belle étoile : Furia m'envoya chercher du bois pendant qu'elle posait ses pièges tout autour du camp. Elle refusait de me les montrer, ce qui m'agaçait prodigieusement. Quant à Rakis, il partit chasser pour nous rapporter à dîner un lapin déjà un peu mâchonné. Sa fourrure avait pris une teinte brun-vert et ses rayures ressemblaient maintenant à de l'armoise.

Le pelage des chacureuils s'adapte à leur environnement, ce qui en fait des chasseurs particulièrement redoutables. La tactique préférée de Rakis, c'est de patienter derrière un buisson de sorte que, lorsque le lapin ou tout autre petit animal se rend compte qu'il n'est pas juste à côté d'une plante un peu trop touffue, ce soit déjà trop tard.

Les Jan'Tep ne mangent pas de lapin, pourtant j'avais découvert que j'aimais cette viande. Même s'il n'y a rien de mieux pour vous dégoûter que d'entendre Rakis tuer sa proie. Le problème, ce n'est pas tant la férocité avec laquelle il plante ses crocs dans la chair, mais le fait qu'il continue à parler à sa victime même après l'avoir tuée : « Et voilà, espèce de sale rongeur. Tu sais qui a eu ta peau, hein? Eh bien, c'est moi!» lançait-il à la carcasse de l'animal, tandis que du sang dégoulinait de sa gueule. «Quand tu arriveras au paradis des lapins, n'oublie pas de raconter à ton dieu aux grandes oreilles comment je t'ai égorgé. Et maintenant, j'ai très envie de dévorer ta chair de petit lapinou.»

Il s'essaie parfois à la prose. Malheureusement, la violence est son seul et unique sujet.

Une heure plus tard, la bestiole cuite et à moitié dévorée, Rakis continuait à raconter ses exploits et à décrire l'agonie de sa proie en ajoutant à chaque fois des détails.

– Vous avez vu les dents de ce lapin? lança-t-il. Immenses. On aurait dit les crocs d'un lion. Je me demande même si c'était un lapin. Ça doit être un croisement entre un lapin et un ours.

Dans des moments pareils, il vaut mieux laisser Rakis déblatérer. C'est bon pour son ego de s'imaginer non pas en chacureuil de cinquante centimètres mais en énorme lion.

Parfois, ça m'est égal de l'écouter se vanter. Le soir dans le désert, une fois qu'on s'est occupés des chevaux et que le feu flambe, il n'y a pas grand-chose à faire. Je passe la plupart de mes soirées à observer les flammes en essayant de ne pas trembler quand je pense à tout ce qui pourrait mal tourner. Je tremblais beaucoup plus avant mais, ces derniers temps, je me suis habitué à avoir tout le temps peur.

Assise en tailleur près du feu, Furia jouait de la petite guitare qu'elle trimballait partout en racontant des histoires, elle aussi. Elle en connaissait des tonnes. Je suis presque sûr que la plupart étaient inventées, car elle y rencontrait toujours des gens incroyables à qui il arrivait des aventures rocambolesques dans des contrées exotiques dont je n'avais jamais entendu parler. Dans la mesure où j'avais pas mal étudié la géographie, j'étais presque sûr qu'elle inventait aussi les paysages.

Comme Rakis avait l'esprit de compétition, il essayait lui aussi de placer ses propres récits. Qui variaient uniquement autour de deux sujets : des animaux trop grands pour être réels mais qu'il avait tués, et des trésors inestimables qu'il avait dérobés. Rakis non plus n'apportait pas la moindre preuve, pourtant, il m'obligeait à traduire à Furia ses récits à la gloire des chacureuils en demandant toujours que je les enjolive.

« L'histoire que je vais vous raconter s'est bel et bien produite… »

Furia faisait comme si elle le croyait. Au bout de plusieurs morsures au bras, moi aussi, j'avais appris à faire semblant.

Ce soir-là, Rakis s'était embarqué dans une histoire particulièrement saugrenue au sujet d'une créature qu'il avait réussi à tuer dont j'étais convaincu que ce n'était qu'une grosse souris, quand, contrairement à son habitude, Furia l'interrompit et rangea son instrument dans son sac en toile en disant :

– Ça suffit pour ce soir, les histoires.

– Et pourquoi ? lança Rakis. Je n'ai pas encore raconté celle de l'Argosi mordue au visage parce qu'elle m'avait coupé la parole…

Furia ignora ses feulements et se dirigea vers les sacoches pour y chercher quelque chose.

Quand elle en ressortit la main, elle tenait un jeu de cartes que je reconnus aussitôt : des cartes en acier affûtées comme des lames de rasoir. Entre ses mains, c'était l'arme la plus dangereuse que je connaisse. Elle coupa le jeu et me tendit la moitié du paquet.

– On va s'entraîner au lancer de cartes à cette heure ? demandai-je.

Elle m'avait appris les bases le jour de notre rencontre et, depuis, j'avais beaucoup progressé.

– D'une certaine manière, dit-elle en observant la longue route qui s'étirait en direction de la ville. On se tait maintenant, d'accord, Kelen ?

– Qu'est-ce... ?

Elle secoua la tête. Je compris alors qu'il y avait un problème. Je fermai les yeux en essayant de percevoir ce que Furia avait entendu. Le désert semblait calme mais, si on écoutait bien, il était rempli de bruits : des animaux qui se déplaçaient dans les collines, des insectes qui bourdonnaient, le vent qui agitait le sable. Il me fallut un moment pour discerner un bruit de sabots parmi tout ça. « Un cavalier », me dis-je, même si je n'avais normalement pas une ouïe très développée. Je me demandai pourquoi Furia avait l'air inquiète à ce point. Même si quelqu'un de la ville avait décidé de s'en prendre à nous, ça ne me paraissait pas une menace très sérieuse.

J'entendis un grognement et découvris Rakis près de moi, le pelage noir et hérissé.

– Saloperie, dit-il.

Je murmurai :

– Qu'est-ce qu'il y a ?

– Ça pue la magie. La magie Jan'Tep.

Je dus me retenir de serrer trop fort les cartes dans mes mains, ce qui m'aurait coupé les paumes. Il n'y avait qu'une raison justifiant qu'un membre de mon peuple sillonne les terres de la Frontière en pleine nuit : un traqueur de sort était sur ma piste.

6. *La soie et le fer*

Le type qui voulait ma peau montait un cheval blanc. Il me sourit comme si nous étions de vieux amis, alors que j'étais certain de ne jamais l'avoir rencontré. Il était grand, et ses cheveux blonds retombaient en cascade sur de larges épaules recouvertes d'une longue cape rouge vierge de toute poussière. Il était affreusement beau.

Ça n'aurait pas dû m'affecter. On peut croire que la mort imminente fait disparaître toute vanité mais, quitte à mourir, je préférais être tué par quelqu'un de laid.

Le mage mit gracieusement pied à terre comme un cavalier confirmé, ce qui était étrange parce que, dans notre peuple, nous ne montons pas à cheval. Et quand ses pieds touchèrent terre, ils ne produisirent pas le moindre son.

– Les ancêtres sont avec moi, annonça-t-il. J'avais perdu la trace du fuyard que je cherchais et je pensais être venu ici pour rien. Et qui me tombe dans les bras ? Kelen, fils de la maisonnée de Ke.

– Bien dit, feula Rakis en sautant sur mon épaule. Tu devrais apprendre à parler comme ça.

– Je vais y songer.

J'avais le ventre serré, pas simplement par peur de ce qui allait se passer, mais parce que tout ça, c'était ma faute. Si je ne m'étais pas senti obligé d'utiliser ma magie contre un freluquet de treize ans, le traqueur de sort n'aurait même pas eu vent de ma présence. Si j'avais écouté Furia, ce mage n'aurait jamais su qu'on était là. Je l'avais conduit directement à nous.

– Vous vous trompez de gamin, dit Furia en adressant un grand sourire au chasseur de primes, comme si tout ça n'était qu'une erreur. Mon neveu ici présent s'appelle Corniaud, et il n'est pas plus Jan'Tep que moi.

Rakis lâcha un petit rire dans mon oreille :

– Enchanté, Corniaud.

Le mage s'arrêta à une dizaine de mètres, trop loin pour que je me serve de mes poudres magiques contre lui, mais assez près pour qu'il puisse me jeter des sorts désagréables.

– Je me trompe ? Comme c'est étrange, rétorqua-t-il.

Il se pencha pour ramasser une poignée de sable et murmura quelques syllabes avant de le jeter en l'air. Au lieu de retomber, les grains s'organisèrent dans le ciel jusqu'à reproduire mon visage. Puis deux sigils apparurent sous l'image, et je reconnus la calligraphie de mon peuple. Le premier signifiait « ombre au noir », le second « mort ».

Je n'avais jamais vu d'avis de recherche magique jusque-là, même si tout initié Jan'Tep apprend à les reconnaître. Ce sont des malédictions éphémères qui peuvent être proférées par n'importe quel mage suffisamment aguerri afin d'identifier plus facilement le fuyard. Ce n'est pas un sort facile à créer et, pour qu'il soit actif si loin de ma cité, il devait avoir été jeté par un mage seigneur de mon clan. Les miens me détestaient donc encore plus que je ne le croyais.

– Tu devrais être flatté du prix auquel ta tête a été mise, déclara le mage. C'est presque trois fois celui de ma cible initiale.

– Si vous voulez mon avis, reprit Furia en faisant tourner ses cartes en métal aiguisées dans une main, cette jolie image de sable ne ressemble pas du tout à Corniaud ici présent. Vous feriez mieux d'aller chercher des récompenses ailleurs, histoire qu'il n'y ait pas de malentendu supplémentaire entre nous.

Un sourire passa sur les lèvres du mage comme le sable retombait par terre. Je n'aurais pas dû le voir aussi bien dans la nuit, mais la magie qui tourbillonnait autour des bandes tatouées sur ses avant-bras éclairait son visage de six teintes différentes.

– Hé, Kelen ? me glissa Rakis.

– Quoi ?

– Le dernier type qu'on a failli tuer, combien de bandes il avait fait étinceler ?

– Trois, répondis-je.

Tout initié Jan'Tep a reçu, dans son enfance, des tatouages qu'on réalise avec des encres métalliques pour le relier aux forces primitives des six différentes formes de magie : le fer, la braise, le souffle, le sang, le sable et la soie. La plupart des mages font étinceler deux ou trois bandes, ce qui oriente leur choix de spécialisation. Le fer et la braise conduisent souvent à une vie de mage guerrier, tandis que le fer et la soie forment la combinaison parfaite pour devenir enchaîneur. Mais je ne pouvais pas savoir quelle sorte de mage cet homme était devenu, car chacune de ses six bandes étincelait d'une lueur fantomatique.

– Donc six, c'est bien pire ? me demanda Rakis.

– Ouais.

Six bandes, ça voulait dire qu'on était foutus.

Je jetai un coup d'œil à Furia en espérant deviner son plan. Elle avait toujours un plan. Pour l'instant, elle se contentait de dévisager notre ennemi et d'attendre qu'il fasse le prochain geste.

– Vous avez posé des pièges tout autour du camp, dit le mage en avançant vers nous en zigzag pour éviter des trous et des pointes acérées que même moi je ne parvenais pas à distinguer.

– Qu'est-ce qui vous fait dire ça ? demanda Furia.

Le mage tapota sa tempe du doigt.

– La magie de la soie. Je vous surveille depuis des heures. J'ai attendu longtemps que vous pensiez aux préparatifs, dit-il en plissant les yeux. C'est remarquable, la façon dont vous évitez de réfléchir à vos pièges. On ne parvient presque pas à deviner vos plans. Vous avez un esprit incroyablement discipliné.

– Nan, dit-elle. C'est juste que j'ai pas de mémoire. Je suis maladroite, aussi.

Et là, elle jeta l'une de ses cartes en métal, qui fila comme un couteau en direction du cou du mage. Mais juste avant que la carte n'atteigne sa cible, elle retomba par terre.

– Remarquable, répéta-t-il, alors que ses mains n'avaient pas quitté ses flancs.

Ça n'avait pas de sens. Les boucliers requièrent des formes somatiques particulières. On ne peut pas se contenter d'en imaginer un pour qu'il fonctionne. Comment avait-il fait ça ?

– Hé, réveille-toi, dit Rakis, qui planta les griffes de ses pattes avant dans mes épaules. C'est le moment de faire exploser ce type.

Malgré mes doutes grandissants, je glissai ma moitié du jeu de cartes rasoirs dans ma poche et je plongeai les mains dans les bourses à ma ceinture pour envoyer deux pincées de poudre rouge et noire dans l'air, tandis que mes doigts créaient la forme somatique.

– *Carath*, dis-je pour invoquer le sort.

L'explosion déchira la nuit. Le rugissement fit écho dans le désert tandis que les flammes étaient réduites à néant à quelques centimètres de leur cible.

Ce n'était pas possible. Il n'y a qu'un moyen de maintenir un bouclier sans formes somatiques : se tenir dans un cercle de fil de cuivre avec des sigils enchantés. Or le mage continuait à marcher vers nous.

– Y a un problème avec ce type, grogna Rakis.

– T'as une idée de ce que ça peut être ? demandai-je.

Parfois, il percevait des choses, et pas moi.

– Ouais. Il est trop beau pour un humain.

Les intuitions des chacureuils ne sont pas toujours utiles. Le mage nous observait d'un air amusé.

– C'est donc vrai ? Le nekhek te parle comme

ceux de son espèce avec les Mahdek il y a des siècles ? Je me demande bien ce que cette petite bestiole est en train de te dire.

Je réfléchis à ma réponse. Selon Furia, face à la mort, il faut toujours afficher de la confiance en soi.

– Il dit que vous puez et demande si vous avez mangé de la viande avariée.

Le mage secoua la tête d'un air déçu. De toute évidence, il n'apprécia guère mon humour, parce que l'instant suivant, j'étais plié en deux de douleur ; il était en train de réduire mes organes internes en bouillie.

Je me fis alors plusieurs réflexions. La première, c'est que j'avais intérêt à partir en courant. Ce qui bien sûr n'était pas possible, parce qu'on ne peut pas courir quand on a l'estomac, les reins, le cœur et le foie pressés comme pour en faire du jus. La deuxième, c'est que je devais cesser de suivre les conseils de Furia. La troisième, c'était une vraie question : comment ce type pouvait-il jeter des sorts sans même avoir à créer les formes somatiques et à prononcer les incantations ?

Rakis grogna et sauta de mon épaule pour filer sur le sable. Quand il fut assez proche du mage pour attaquer, il se dressa sur ses pattes arrière et bondit, mais retomba aussitôt comme s'il avait heurté un mur. Puis le mage acquiesça et, sans même un geste de la main, fit s'envoler Rakis qui atterrit sur le flanc à quelques mètres de moi. Je voulus m'approcher de lui, mais la douleur était telle que je ne parvenais même pas à bouger un bras.

Furia s'avançait lentement vers le mage en le surveillant comme un animal sauvage. Puis elle annonça :

– Il faudrait arrêter de tourmenter ce garçon, car je déteste l'idée de devoir décoiffer votre magnifique chevelure.

Le mage éclata de rire face à cette menace vide de sens, et la douleur dans mon ventre s'évanouit instantanément.

– Tu m'amuses, femme, et franchement, je n'ai aucune envie de me faire des ennemis parmi les Argosi. Vous aimez bien le troc, vous autres, n'est-ce pas ?

– Il m'arrive de procéder à des échanges, oui.

– Alors permets-moi de t'offrir le marché de ta vie : tu disparais de ma vue. En échange, j'endors le garçon avant d'expédier son âme vers les profondeurs auxquelles il est destiné. (Il jeta un coup d'œil à Rakis.) Le nekhek doit mourir, lui aussi. Puis tous ces épisodes désagréables seront derrière nous.

Furia fit un nouveau pas vers le mage.

– Je crains de ne pouvoir accepter ta proposition généreuse, l'ami.

Il la regarda d'un air perplcxe.

– Ce garçon est un Jan'Tep. Il n'est rien pour toi, et tu acceptes de sacrifier ta vie dans lc vain espoir de le protéger ?

– Pas du tout, le gamin est une plaie. Mais j'apprécie le chacureuil.

Je vis à peine sa main bouger et, tout à coup, une demi-douzaine de cartes en métal jaillirent en direction du mage. Avant même qu'elles rebondissent sur son bouclier, Furia avait réagi.

Elle roula sur l'épaule et se redressa dans le dos du type. Puis elle leva les mains, et je vis le reste des cartes prendre la forme d'une hache. Furia l'abattit, ce qui aurait dû sectionner les mollets du mage, sauf que… il ne se passa rien.

– Tu as fini ? demanda-t-il.

– Je t'ai dit qu'il y avait un truc pas normal chez ce type, me souffla Rakis, qui s'était relevé et grattait la terre avec ses griffes, prêt à attaquer de nouveau. Personne peut être aussi beau.

– C'est pas ce genre de remarque qui va nous aider, dis-je.

L'apparence de notre adversaire n'était pas le problème ; c'était plutôt son… « Attendez une seconde… » Il avait beau être au milieu du désert, ses vêtements étaient aussi propres que s'il sortait de son sanctuaire personnel. Ce n'était d'ailleurs pas la seule chose étrange : la lueur projetée par ses bandes tatouées était bien trop vive, même pour un mage seigneur, alors que dire d'un chasseur de primes qui passait sa vie à arpenter les terres de la Frontière loin d'une oasis à la recherche de fugitifs Jan'Tep ? Et puis, il y avait ses bottes, qui ne faisaient pas de bruit quand il marchait. Ce type n'avait pas besoin de formes somatiques ou d'incantations pour jeter des sorts parce qu'en réalité, il n'existait pas.

– Il se sert d'illusions contre nous, m'écriai-je. En fait, il est juste dans nos têtes !

– En réalité, c'est plutôt vous qui êtes dans la mienne, répondit-il. Une trouvaille assez intelligente, si j'ose…

– Ça suffit, les bêtises, dit Furia en ramassant

les cartes qu'elle avait jetées sur lui pour me rejoindre en courant.

Elle étala la moitié de son jeu dans chaque main pour former des éventails d'acier. Ils s'agitèrent avec grâce comme des touffes d'herbe dansant dans la brise.

– Qu'est-ce que tu fais ? demandai-je, les doigts dans mes bourses de poudre, prêt à jeter un autre sort, mais sans savoir où viser.

– Il nous cache quelque chose, dit-elle en continuant à agiter rapidement les mains. On ne perd pas tout ce temps à créer des illusions juste pour montrer à quel point on est fort. En fait, il n'est pas seul.

Ils étaient donc au moins deux. Je pestai en silence. Voilà pourquoi ce type ne nous attaquait pas ; il n'avait rien d'un incroyable mage seigneur ayant fait étinceler ses six bandes. Il se servait de la magie de la soie pour nous embrouiller l'esprit, tandis qu'un acolyte agissait en douce, caché quelque part près de nous.

Furia ne cessait de bouger, les cartes en métal aiguisées se déplaçant selon des trajectoires imprévisibles pour éviter d'être frappée. Sauf si le type en face était un mage guerrier, à qui il suffirait alors de trouver la bonne position pour jeter son sort.

– Prenez vos distances pour qu'ils ne puissent toucher qu'un seul d'entre nous avec un même sort, lança Furia.

Rakis grognait en direction de l'apparition.

– Je les sens tous les deux, maintenant. Y en a un tout près, mais l'autre doit être à au moins un kilomètre.

Un coup violent dans mon estomac me confirma que notre adversaire, celui que le mage de la soie rendait invisible à nos yeux, se servait de la magie du fer. Cela signifiait qu'il n'avait sans doute fait étinceler qu'une seule bande. Ce qui serait une très bonne nouvelle, si seulement je parvenais à le trouver. Un cri s'échappa de mes lèvres.

– Gamin, à terre ! me lança Furia.

Ce fut assez facile de m'exécuter, car j'étais à nouveau plié en deux de douleur. Une carte rasoir passa au-dessus de ma tête et, une seconde plus tard, j'entendis un gémissement quelque part derrière moi. La douleur dans mes organes disparut.

– Reste accroupi, Kelen, me dit Furia en jetant des cartes dans plusieurs directions.

Mais aucune n'atteignit sa cible. La magie du fer est très utile pour attaquer et se défendre, or le bouclier du cœur est l'un des quelques sorts qui peuvent être combinés avec un autre.

– Salope d'Argosi, cracha une voix.

Je regardai autour de moi, mais je ne vis rien.

Tout à coup, Furia gémit et tomba à genoux en faisant la grimace. Elle essaya de lancer une nouvelle carte, en vain. Les muscles de son visage se contractaient de la douleur infligée par le sort du mage du fer.

– Tu aurais dû accepter le marché, dit le mage de la soie tandis que, devenue inutile, l'image qu'il avait créée de lui-même s'effaçait peu à peu. J'aurais vraiment aimé te laisser la vie sauve, Argosi.

Furia se tordait par terre, les traits déformés

par la souffrance. Si différente de la femme effrontée et fanfaronne qui, quelques instants plus tôt, affrontait le danger pour moi.

– Arrêtez ! hurlai-je dans la nuit. J'accepte le marché ! C'est ma tête qui est mise à prix, pas celle de l'Argosi ni du chacureuil !

Le rire qui résonna à mes oreilles jaillit de nulle part et de partout en même temps.

– Ça, ça m'étonnerait, Kelen de la maisonnée de Ke. C'est évident que c'est grâce à elle que tu as survécu ces derniers mois, ce qui va à l'encontre de nos lois et de notre peuple. Mais ne t'inquiète pas, on va bientôt te régler ton compte à toi aussi.

Rakis courait partout l'air enragé.

– Je le trouve pas, grognait-il. Saloperie de magie Jan'Tep !

– Gamin…, siffla Furia. Tais-toi et écoute.

– Je t'écoute. Qu'est-ce que tu veux que je… ?

– Non, cracha-t-elle en cherchant son souffle. Pas moi, idiot. Écoute-le, lui.

Tout à coup, je compris ce qu'elle voulait dire, et pourquoi. Alors même que le mage du fer continuait à lui broyer les organes, Furia s'obligea à ne pas crier pour me donner une chance de localiser notre adversaire.

– Rakis, bouge pas, ordonnai-je.

Je fermai les yeux et concentrai mon attention sur les bruits alentour, comme j'avais vu Furia le faire. Le mage du fer était peut-être invisible, mais il fallait bien qu'il respire. Il me suffisait de tendre l'oreille.

Je laissai les bruits du désert me submerger. Les insectes qui bourdonnaient, les animaux qui grattaient le sol. Le battement de mon cœur. La brise. Non, ce n'était pas la brise. Avec rien d'autre qu'une intuition, je sortis de la poudre de mes bourses, une grosse quantité, cette fois.

Il existe une variante de mon sort. Elle m'avait un jour permis de briser un bouclier Jan'Tep, car la poudre rouge dans la bourse à ma gauche était toujours imprégnée du sang de la mère de Rakis.

– *Carath Chitra*, prononçai-je en projetant les poudres dans l'air devant moi.

L'explosion brisa le bouclier de mon ennemi comme les dents de Rakis déchirent le cou des lapins, mais je m'étais trompé de près d'un mètre quant à la position du mage du fer. Il était indemne. Avant que je puisse recommencer, il se servait à nouveau de son épée de tripes et, l'instant d'après, je souffrais trop pour jeter un sort. En tournant la tête, je vis Furia étendue par terre, sans connaissance. Le mage du fer pouvait maintenant concentrer toute son attention sur moi.

« Cinq secondes, me dis-je. Si j'avais été plus rapide de cinq secondes, si mon sort avait été à peine un peu plus fort, si j'avais été à peine plus intelligent, je l'aurais vaincu. » Mais j'étais trop lent, trop faible et, par-dessus tout, trop stupide. Furia et Rakis allaient mourir à cause de moi.

– C'est fini, dit le mage de la soie dans mon esprit. Tu as réussi à fuir pendant un bon moment, Kelen, mais personne n'échappe longtemps à la justice Jan'Tep. Quand tu atteindras le passage gris, implore la pitié de nos ancêtres pour qu'ils n'envoient pas ton âme dans cet enfer si richement...

Ses mots se firent moins présents dans ma tête. J'avais toujours une épée dans le ventre, mais mon esprit commençait à s'éclaircir et ma vision se fit plus nette, les teintes plus distinctes. Je ne voyais toujours pas le mage de la soie mais, à une vingtaine de pas sur ma droite, apparut un type bossu vêtu d'un manteau de voyage grisâtre, la main droite tendue devant lui pour maintenir la forme somatique de l'épée de tripes. Ce qui avait fait taire son acolyte n'avait pas affecté ce mage.

– Rakis, je gémis en m'efforçant de rester debout.

– Il est à moi ! hurla le chacureuil en filant sur le sable.

Il bondit au dernier instant, la puissance de ses pattes arrière le propulsant à plus de deux mètres en l'air. Puis il écarta les quatre membres de façon que les palmures duveteuses de ses flancs aient le temps de se déployer avant qu'il s'abatte sur le mage du fer. Si vous n'avez jamais vu un chacureuil voler, je vous promets que l'effet est déconcertant. Le mage garda son bouclier actif, mais sa concentration sur l'épée de tripes faiblit.

Je pris une rapide bouffée d'air, et mes mains attrapèrent encore plus de poudre dans les bourses à ma ceinture tandis que mon esprit recherchait le calme et la clarté nécessaires pour jeter mon sort.

– Rakis, écarte-toi, maintenant !

Le chacureuil fonça dans les ténèbres.

– Transforme-moi ça en torche vivante, Kelen !

Le mage reporta son attention sur moi, mais avant qu'il puisse remettre de la force dans son épée de tripes, j'avais jeté les poudres en l'air, créé les formes somatiques avec mes mains et invoqué le sort :

– *Carath Chitra.*

Des flammes jumelles rouge et noire arrachèrent le bouclier du mage et le brisèrent. Puis elles l'entourèrent et le mordirent jusqu'à ce qu'il soit à l'agonie. Le sort ne tint pas longtemps, mais le mage non plus. Le peu qui restait de son bouclier magique lui avait permis d'avoir la vie sauve. Tandis qu'il s'effondrait sans connaissance, je découvris les brûlures sur son corps.

Le bruit de mes poumons, qui cherchaient de l'air comme si j'avais couru sur des kilomètres, emplit mes oreilles, et des rigoles de sueur dévalèrent mon front. Je me forçai à respirer plus lentement, suppliant mes jambes de se remettre en mouvement afin que je puisse aller voir Furia.

Rakis courut jusqu'à moi, sa fourrure devenue rouge et noir, elle aussi.

– Bien joué, pour une fois.

– Merci. Pour une fois.

– Mais on a un problème.

– Juste un ?

– Ouais, fit-il en désignant de la patte l'homme en manteau que je venais de vaincre. Si c'est lui qui jetait les sorts d'attaque, où est celui qui a foutu le bordel dans nos têtes ?

Il avait raison.

7. *La voyageuse*

On resta tous les deux immobiles dans l'attente de la calamité qui allait s'abattre sur nous.

– Peut-être que l'autre a fait une crise cardiaque, dit Rakis.

– Peut-être.

Je me frottai le bout des doigts pour tenter d'atténuer l'engourdissement qui les avait gagnés à force de jeter mon sort. Si je devais recommencer sans tarder, je risquais de me faire exploser les mains à cause du manque de précision. Rakis jeta un coup d'œil au mage sans connaissance étalé par terre derrière nous.

– Ce type a l'air plutôt vieux, Kelen. Et si l'autre l'était aussi ? La magie, c'est pas bon pour le corps, non ? Peut-être qu'il a cassé sa pipe ?

– Tout est possible, Rakis.

À quelques mètres de là, les braises de notre feu de camp éclairaient juste assez Furia pour que je puisse voir qu'elle respirait encore. Peut-être qu'elle allait s'en sortir. Peut-être que, d'un instant à l'autre, elle allait se relever, s'épousseter et dire quelque chose qui serait sans doute très intelligent, mais qui n'aurait aucun sens.

– On a bien le droit d'avoir de la chance, de temps en temps, non ?

Rakis renifla l'air et tira sur la jambe de mon pantalon.

– Kelen ?

– Ouais.

– C'est pas pour aujourd'hui.

Un bruit de sabots nous parvint depuis la route.

– Combien ils sont ? demandai-je tout bas alors que je continuais à me frotter les doigts.

– Trois. Un homme et deux femmes, précisa-t-il en flairant de nouveau. L'homme est vieux. L'une des femmes est adulte, et l'autre encore un bébé comme toi.

– J'ai seize ans, je suis plus un bébé.

– Je le dis comme je le sens.

Trois silhouettes apparurent sur la route à la lueur de la lune à moitié pleine. Je clignai plusieurs fois des yeux pour mieux les distinguer. La première était celle d'une grande femme vêtue d'une longue tunique blanc et marron serrée à la taille par des lanières de cuir, le bas du visage couvert du même tissu que ses vêtements. Elle portait sur ses épaules, comme un sac de pommes de terre, un vieillard maigre en manteau blanc sale. Et tirait un cheval qui, lui, avait sur le dos une fille habillée de la tenue commune aux terres de la Frontière. Un bandeau de couleur claire lui couvrait les yeux.

– Tu crois qu'elle est prisonnière ? demanda Rakis.

Il avait horreur de la captivité.

Je ne répondis pas, me disant qu'on aurait vite la réponse.

– Si vous voulez connaître une nouvelle aube,

restez là où vous êtes ! leur criai-je. J'ai déjà fait flamber l'un de mes ennemis ce soir, et je serais ravi de recommencer si vous approchez trop !

Je trouvai ma réplique plutôt inquiétante, mais la femme qui s'avançait n'eut pas du tout l'air intimidée.

– Ce serait excessivement déraisonnable, dit-elle.

– Ah ouais ? Et pourquoi ? demandai-je en faisant de mon mieux pour paraître serein.

– Regarde tes mains.

Ce que je fis. Je me rendis compte qu'elles tremblaient. Le problème quand on a frôlé la mort, c'est qu'ensuite, on tremble de façon incontrôlable. C'est dur de tranquilliser son corps après une épreuve pareille.

– Moi, je tremble pas, grogna Rakis, le poil hérissé, en s'approchant d'elle.

– Demande gentiment à l'animal de ne pas m'attaquer tant que je ne me serai pas débarrassée de ce fardeau à l'odeur déplaisante, me lança la femme masquée en avançant de quelques mètres pour déposer l'homme par terre.

Le sort de soie à présent dissipé, je vis l'homme tel qu'il était vraiment : vieux et frêle, avec des traits ingrats et une peau épaisse qui avait souffert du soleil. Sans quitter des yeux les nouveaux arrivants, je me penchai pour remonter les manches de son manteau. Ses avant-bras osseux m'apprirent qu'il n'avait jamais fait étinceler que la bande de la soie. C'était sans doute pareil pour son acolyte, celui qui avait utilisé la magie du fer contre nous. Ces deux-là auraient été ridicules dans mon clan. C'étaient sans doute des parias comme moi, qui espéraient se racheter aux yeux des leurs en capturant une victime de l'ombre au noir.

La femme observa le type inconscient à ses pieds.

– Une fois toutes les illusions dissipées, nous sommes bien peu de chose, dit-elle.

Son expression, ou le peu que j'en voyais sous le tissu qui couvrait son visage, n'était ni moqueuse ni sympathique, plutôt perplexe. Elle reprit :

– C'est étrange qu'un mage se donne tant de peine pour paraître jeune et beau dans notre esprit. Tu crois que s'il avait attaché moins d'importance à son apparence, il m'aurait entendue surgir derrière lui ?

Ce n'était pas une question qui m'importait pour l'instant, car j'avais toujours les doigts engourdis, les mains tremblantes, et Furia n'avait pas repris connaissance. Ce que je voulais vraiment savoir, c'était si cette femme représentait un danger pour nous. Comme les gens répondent rarement de façon franche à la question « vous allez me tuer ? », je lançai à la fille avec un bandeau sur les yeux, qui était toujours à cheval :

– Tu es prisonnière ?

– Elle est sous ma protection, répondit la femme.

– J'aimerais l'entendre de sa bouche, rétorquai-je.

La fille à cheval leva les mains pour montrer qu'elles n'étaient pas liées et déclara :

– Qui mettrait son prisonnier sur son cheval et marcherait à côté, espèce de crétin ?

On ne devinait presque pas dans sa voix le ton traînant que je m'étais mis à associer aux gens de la Frontière. Sa diction était plus précise, proche de celle des émissaires daroman que je voyais parfois traverser ma ville natale. Si on m'avait questionné sur elle, j'aurais répondu que cette fille avait mon âge, qu'elle était riche et éduquée.

– Il me dévisage ? demanda-t-elle à la femme.

– Ouais.

– Demande-lui d'arrêter. C'est impoli.

Elle mit pied à terre et détacha quelque chose de sa selle. Je vis qu'il s'agissait d'un mince bâton en bois d'un mètre de long. Elle le tint devant elle en balayant de droite à gauche, juste au-dessus du sol.

Cela expliquait le bandeau sur ses yeux.

– Tu es aveugle, dis-je.

– Non, c'est toi qui es aveugle. Moi, je ne vois pas, c'est tout.

Puis elle se tourna vers la femme pour lui demander :

– De quoi il a l'air ? En tout cas, même sans le voir, je peux dire qu'il a l'air stupide.

– Excuse cette jeune fille, me dit la femme. Nous voyageons depuis bien des jours, maintenant. L'enfant a connu des moments difficiles et…

– Seneira, la corrigea la fille. Pas « cette jeune fille », ni « l'enfant ». Je m'appelle Seneira.

Son pied droit glissa alors sur une pierre plate. D'instinct, je tendis les bras pour la retenir. Heureusement, elle retrouva l'équilibre au dernier moment, si bien que nos fronts se heurtèrent dans un bruit sourd, et pire, bien pire, il se peut que mes lèvres aient effleuré les siennes.

– Il a essayé de m'embrasser ? protesta-t-elle en tournant la tête dans tous les sens alors qu'elle brandissait son bâton devant elle comme une épée.

Je reculai rapidement.

– Mais non ! Je ne… Ce n'est pas ça, mais… tu es aveugle ! Alors je ne voulais pas…

– Tu ne voulais pas quoi ? demanda-t-elle d'une voix tout à coup aussi froide que l'air de la nuit. Tu ne voulais pas embrasser une aveugle ?

« Ancêtres, je vous en supplie, envoyez-moi un autre chasseur de primes pour me tuer. Cette fois, promis, je n'essaierai même pas de me défendre. »

– Si tu voyais ce garçon, intervint la femme en tunique de lin, tu comprendrais qu'il est meurtri, perdu et encore terrorisé après avoir vaincu le mage du fer.

– Je ne suis pas terrorisé, dis-je, mais personne ne faisait attention à moi.

– Eh bien, il ferait mieux de garder ses mains et ses lèvres pour lui, rétorqua Seneira.

La femme soupira.

– Ma fille, tu sais très bien qu'il essayait juste d'éviter que tu tombes. Ses mauvais réflexes et sa maladresse doivent être source de pitié, et non une raison de le tourmenter.

– Merci de prendre ma défense de cette manière, c'est trop aimable, dis-je.

Elle ignora mon sarcasme et regarda Rakis à côté de moi.

– L'animal a un problème ? Il a l'air…

– Il va bien, répondis-je. C'est le bruit qu'il fait quand il rit.

Seneira parut se radoucir d'un coup.

– Très bien, dit-elle enfin en rabaissant la pointe de son bâton et en me tendant une main. On reprend au début. Je m'appelle Seneira.

Je lui pris la main et la serrai le plus brièvement possible.

– Kelen.

– Enchantée de faire ta connaissance, dit-elle.

Puis elle se tourna vers sa guide en reprenant :

– Tu vois ? C'est comme ça que les gens se présentent. Les gens normaux, en tout cas. Des gens qui ont des noms comme Seneira, Kelen, ou…

– Rakis, feula le chacureuil.

Maintenant qu'il avait fini de se moquer de moi, il bondit pour les renifler de près, puis grogna :

– Elles me plaisent pas.

– Personne ne te plaît, marmonnai-je.

– J'ai entendu un grognement. C'était quoi ? demanda Seneira.

– C'était Rakis, expliquai-je. Mon…

J'hésitai. Je déteste avoir l'air débile devant des inconnus.

– Dis-le, cracha le chacureuil. Sauf si tu penses pouvoir jeter des sorts avec neuf doigts seulement.

– Bon, d'accord. Rakis est mon… partenaire.

Seneira tourna la tête dans tous les sens.

– Ton partenaire ? Je n'entends personne d'autre. Qui est là ?

– Il parle de l'animal, intervint la femme. Un chacureuil.

La fille resta immobile. Puis elle lâcha, avant de s'asseoir d'un coup par terre :

– Parfait. Si ça ne vous dérange pas, je vais rester assise ici jusqu'à ce que le monde ait à nouveau un sens.

– Tu risques de rester assise longtemps, déclarai-je.

Malgré le lin qui couvrait presque entièrement le visage de la femme, j'eus l'impression qu'elle souriait quand elle dit :

– Enfin des paroles sages. Six gouttes d'eau dans un désert aride.

Seneira mit la tête entre ses mains et lança :

– Peux-tu, s'il te plaît, cesser de parler comme ça ?

Je ressentis un peu de sympathie pour elle. Furia faisait souvent des remarques de ce genre...

– Qui êtes-vous ? demandai-je à la femme.

– Une voyageuse sans destination. Un guide sans but précis ne se perd jamais. Un vagabond ne suit personne à part la route devant lui. Je m'appelle le Chemin d'Épines et de Roses.

Je n'y comprenais rien, mais ses réponses étranges m'indiquèrent qui elle était, ou plutôt, ce qu'elle était.

– Vous êtes une Argosi.

Sans prendre soin de me signifier que j'avais raison, elle s'approcha de Furia et s'agenouilla pour l'examiner.

– Sœur, pourquoi es-tu source de tant de déceptions ?

8. *Le Chemin d'Épines et de Roses*

– Remets du bois dans le feu, m'ordonna l'Argosi.

Puis, avec une grande délicatesse, elle prit Furia dans ses bras et la porta jusqu'au campement.

Elle ajouta :

– Il va falloir la maintenir au chaud, cette nuit.

– Elle va s'en sortir ? demandai-je.

Allez savoir pourquoi, je n'avais jamais imaginé que Furia Perfax puisse être gravement blessée. Elle était trop rapide, trop intelligente, trop forte pour laisser qui que ce soit la tuer. Mais en voyant l'inquiétude dans les yeux de l'autre Argosi, je pris tout à coup conscience que même Furia pouvait mourir.

– Le sort du mage du fer lui a brisé les côtes. Elle fait une hémorragie interne ; j'ignore à quel point c'est sérieux. Si jamais ses organes vitaux sont endommagés... Mais il est inutile d'explorer un continent dont nous ignorons tout. À condition qu'elle reprenne connaissance d'ici demain matin, il y a des raisons d'être optimiste. Bon, tu ravives les braises ou quoi ?

Je courus chercher du bois à mettre dessus. Comme le feu ne partait pas assez vite, je rajoutai un peu de poudre noire, puis de rouge. En quelques secondes, les flammes s'élevaient de nouveau.

– Parfait, dit la femme en installant Furia tout près. Maintenant, peux-tu me rendre un autre service ?

– Lequel ? demandai-je.

Elle désigna quelque chose derrière mon épaule.

– Peux-tu demander à ton… partenaire quel étrange rituel il est en train d'accomplir sur mon prisonnier ?

En me retournant, je découvris Rakis assis sur la poitrine du mage de la soie, en train de lui soulever la paupière d'une patte, l'autre prête à l'énucléer.

– Rakis, arrête ça tout de suite !

Le chacureuil grogna :

– Tu plaisantes ? Ce sac à peau de Jan'Tep a failli nous tuer. Je vais pas attendre qu'il se réveille pour le laisser recommencer. Et puis, j'ai faim.

– Qu'est-ce qu'il dit ? demanda l'Argosi.

– Il… vient de me rappeler que, même s'ils sont encore sans connaissance, les deux mages redeviendront vite une source d'ennuis.

Elle soupira en disant :

– L'animal a raison. Continue à surveiller le Chemin de… Pardon. Pour toi, c'est Furia, c'est ça ?

– Pas pour vous ?

– Moi, je la connais sous le nom du Chemin de la Pâquerette Sauvage.

– Quel nom stupide, râla Rakis, toujours perché sur la poitrine du mage de la soie.

L'Argosi s'approcha du chacureuil, puis s'agenouilla et s'abaissa jusqu'à sa hauteur.

– Seigneur des cimes, laisse-moi cet individu, s'il te plaît. Je ferai le nécessaire, je te le promets.

Rakis grogna et avança le museau pour la renifler de nouveau, l'air radouci. Le petit monstre adorait les compliments.

– Seigneur des cimes, ça c'est un nom qui me plaît, cracha-t-il. (Puis il bondit de la poitrine du mage et partit en direction de la nuit.) Je vais assassiner un lapin ou deux. C'est le job des seigneurs des cimes.

Juste après son départ, l'Argosi plongea la main dans les plis de sa tunique. Je crus qu'elle allait sortir un couteau et faillis m'y opposer. Furia faisait ce qu'il fallait pour vaincre son adversaire, mais je ne l'avais jamais vue tuer quelqu'un à terre. Là encore, je n'étais pas complètement d'accord avec cette position.

« Ancêtres, à force de fréquenter un chacureuil, je me mets à aimer le goût du sang. »

En réalité, l'Argosi ne sortit pas un couteau, mais un paquet soigneusement enveloppé de tissu, qui contenait un petit mortier et un pilon ainsi que plusieurs bocaux. Elle en ouvrit deux et mélangea leur contenu.

– Qu'est-ce que vous faites ? demandai-je.

– Les brûlures du mage du fer ne sont pas mortelles, mais elles le deviendront si on ne fait rien.

– Attendez, c'est quoi le plan ? Soigner les blessures des deux types qui ont failli tous nous tuer ?

– Je trouve sans intérêt de négocier avec un mort.

– Négocier ? Vous êtes sérieuse ? Ces hommes sont des traqueurs de sort. Des chasseurs de primes. Les mages Jan'Tep ne les paieront que s'ils ramènent un cadavre, et vous voulez les soigner pour mieux les dissuader ensuite ?

Les yeux de l'Argosi se plissèrent alors qu'elle continuait à préparer sa mixture.

– Tu te promènes avec ma sœur, et elle ne t'a pas encore enseigné la voie de l'eau ? Il n'est pas dans notre coutume de mettre fin au voyage de quelqu'un sans d'abord lui proposer un autre chemin.

J'essayai, en vain, de formuler une réponse appropriée et je finis par renoncer, préférant retourner veiller sur Furia et m'assurer que mes doigts restaient au chaud pour le moment où j'en aurais besoin, ce qui ne tarderait pas. En agitant frénétiquement son bâton devant elle, Seneira me rejoignit auprès du feu. Et là, elle déclara :

– Je crois que ta vie est sur le point de devenir aussi débile que la mienne.

– Bonsoir, dit l'Argosi aux deux hommes quand ils se mirent à cligner des yeux.

Elle utilisa le ton tranquille de rigueur lors d'une rencontre avec d'autres voyageurs sur une route déserte, non celui pour affronter des ennemis qui ont essayé de vous tuer quelques instants plus tôt.

Après les avoir soignés, la femme qui se faisait appeler le Chemin d'Épines et de Roses les plaça tous les deux dos à dos. Je crus qu'elle allait les ligoter et j'étais sur le point de lui dire que c'était inutile, sauf si elle possédait du fil de cuivre ou d'argent ensorcelé, car, même prisonniers, ils pourraient toujours utiliser des sorts contre nous. Mais elle ne les attacha même pas. Elle avait sorti des plis de sa tunique un flacon à peine plus gros que son pouce, dont elle fit sauter le bouchon.

– Seneira et toi, vous allez tranquillement attendre là-bas, dit-elle en désignant un endroit enveloppé par l'obscurité à l'écart du feu.

– Pourquoi ? demandai-je.

– Ces hommes ont des raisons de vouloir te tuer, non ? Alors inutile de rajouter à la tentation.

Une fois que Seneira et moi, on se fut éloignés, l'Argosi tapota son flacon sur un doigt pour y placer un peu de poudre blanche, qu'elle fit respirer à chaque homme avant de remettre le bouchon et d'attendre. Quelques secondes plus tard, tous deux éternuaient et se réveillaient.

La première réaction du mage de la soie fut de lever les mains pour créer une forme somatique que je ne connaissais pas, mais dont je doutais qu'elle soit pacifique. Je plongeai les mains vers mes poudres, mais l'Argosi me lança un regard d'avertissement. Puisqu'elle ne pouvait me voir dans le noir, elle devait avoir anticipé ma réaction.

– Tu ne crains rien, me dit-elle.

Le mage de la soie sourit, si bien que la peau ridée de son visage autour de sa bouche se tordit.

– Oh que si, lança-t-il.

L'Argosi acquiesça.

– Certes, nous avons tous des craintes. Nous vivons dans un monde dangereux.

– Peut-être, mais moins dangereux pour des mages avec notre pouvoir que pour des vagabondes philosophes qui se mêlent des affaires des autres.

Si j'avais pris part à la conversation, j'aurais fait remarquer qu'aucun de ces mages n'avait fait étinceler plus d'une bande, ce qui les rangeait dans la catégorie des personnes les moins puissantes que compte mon peuple. Après moi, bien sûr.

L'Argosi ne fit pas ce genre de commentaire. Au contraire, elle paraissait songeuse, comme si elle réfléchissait à ce que le mage de la soie venait de dire.

– Je pense que vous avez raison. Le monde est bien plus dangereux pour les vagabonds philosophes.

Le mage du fer, un type roux qui avait peut-être dix ans de moins que son camarade, lâcha un rire rauque.

– Tu as vu comment l'Argosi revient déjà sur sa position ? Elle veut un pacte pour avoir la vie sauve.

Elle secoua la tête.

– Pardonnez-moi, mais vous faites erreur. C'est *vous* qui cherchez à avoir la vie sauve.

Le mage de la soie se mit à agiter ses doigts.

– Tu menaces un Jan'Tep ? Couche-toi par terre, femme, et baise mes pieds avant que je jette un sort qui te fera exploser l'esprit. Ton âme sera réduite en poussière sous tes yeux impuissants, et tu hurleras jusqu'au dernier battement de ton cœur.

« Pas mal », me dis-je.

Mon peuple n'est pas très fort en littérature,

mais on sait apprécier une menace de mort bien tournée. Pourtant, l'Argosi réagit par un rire doux, presque musical.

– Je ne crois pas que vous ayez tant que ça envie de pénétrer ma tête, maître mage. On me dit souvent que je suis très mal embouchée.

L'expression dans les yeux du type me fit comprendre qu'elle était allée trop loin. Avant que je puisse faire quoi que ce soit pour l'aider, le mage de la soie fixa son regard sur elle. Puis il murmura un seul mot, et l'air entre eux se mit à trembler. Il était en train de jeter un sort de soie pas particulièrement puissant, mais qui, si j'avais bien compris, permettait de détruire l'esprit. J'étais sur le point d'ignorer l'ordre de l'Argosi de me tenir tranquille quand le mage de la soie hurla dans la nuit :

– Arrête ! Je t'en supplie ! Comment est-ce possible ?

L'air entre eux s'apaisa à l'instant où le sort se brisa. Il avait du mal à respirer.

L'Argosi haussa les épaules d'un air d'excuse.

– Nous sommes tous des voyageurs. C'est dans notre nature d'accepter chaque chemin pour ce qu'il est, sans peur ni jugement.

L'homme jeta un coup d'œil à la silhouette de Furia par terre.

– Mais elle…

– Vous avez eu ma sœur une fois. Je vous conseille de ne pas recommencer lorsqu'elle sera rétablie.

Elle se pencha pour lui murmurer d'un ton de conspiratrice :

– Ils sont nombreux à la trouver encore bien

plus mal embouchée que moi. Emplis ton esprit de pensées moins nocives, maître mage. Ce n'est pas bon de garder autant de noirceur en soi.

Le mage du fer jeta à son compagnon :

– Arrête de te laisser embobiner. Lance-lui un autre sort !

Le mage de la soie secoua lentement la tête en répondant :

– Je refuse d'approcher son esprit de nouveau.

– Très bien, alors c'est moi qui vais m'occuper d'elle.

Le mage du fer leva la main droite pour créer une forme somatique. L'Argosi dressa un doigt en disant :

– Ça n'est pas très raisonnable.

Le mage l'ignora et pointa un doigt sur elle en prononçant l'incantation pour un sort de fer qu'on appelle le marteau de sang. Au début, il ne se produisit rien puis, tout à coup, il se plia en deux pour vomir.

– Qu'est-ce que tu m'as fait ? gémit-il.

L'Argosi écarta les mains pour montrer ses paumes vides.

– Rien, maître mage, à part appliquer un baume guérisseur sur tes blessures. Hélas, cette mixture contient de la fleur de nuit pour accélérer la guérison et apaiser la douleur.

– Mais c'est une herbe de faiblesse ! s'écria le mage du fer. Tu as empoisonné ma magie !

– Si peu. Je t'assure que le dosage a été fait avec soin. D'ici deux ou trois jours, tu pourras de nouveau jeter tes sorts Jan'Tep. Mais je te le déconseille. Laisse-toi le temps de guérir, ce qui te permettra peut-être de trouver une autre voie.

Le mage de la soie, qui semblait plus en forme, demanda :

– Et quelle voie ça pourrait être, Argosi ?

– Celle de la prise de conscience qu'il y a des choses en ce monde plus dangereuses que les sorts et les maîtres mages.

Elle soutint le regard des deux hommes. Même de là où j'étais, à une dizaine de pas dans la pénombre, je trouvais son calme terrifiant. Elle conclut :

– Des choses dont je fais partie.

Pendant un long moment, personne ne dit mot. L'Argosi avait l'air d'attendre quelque chose, un assentiment dans le regard de ces hommes, que je ne pouvais pas voir. Elle dut finalement obtenir ce qu'elle voulait, parce qu'elle dit en se redressant :

– Bien. Maintenant, nous pouvons entamer les négociations.

9. *Les deux jeux de cartes*

J'ignorais qu'il était possible de s'ennuyer juste après avoir failli mourir, mais l'Argosi me prouva le contraire. J'aurais cru que les négociations se limiteraient à une succession de menaces bien précises. En réalité, ce fut un véritable contrat verbal qui devait équivaloir, en termes de volume, au traité de paix ayant mis fin à la guerre entre l'empire daroman et l'arcanocratie Jan'Tep. Le temps que les deux mages reprennent leur route, j'étais presque sûr qu'ils avaient oublié la raison de leur venue.

Mes jambes et mon dos étaient raides à force de rester assis par terre. Seneira s'était assoupie deux fois, la tête sur mon épaule. C'était étrange d'être si proche de quelqu'un dont je ne savais rien, surtout qu'elle semblait avoir décidé que j'étais l'idiot du village. Pour sa part, elle avait l'air de penser que la vie étant désagréable au possible, il valait mieux en profiter pour dormir.

– Qu'est-ce que j'ai raté ? demanda Rakis en lâchant la carcasse d'un lapin à moitié dévorée près de l'endroit où je me trouvais avec Seneira.

– Esprits de la terre et de l'air, quelle est cette odeur atroce ? s'exclama-t-elle en se redressant et en agitant violemment son bâton, tout en pestant contre les garçons de ferme idiots et leurs animaux doués de parole.

Je n'osai pas mentionner le fait que je n'avais jamais mis les pieds dans une ferme de ma vie. Rakis fut profondément offensé par sa remarque. Il ramassa son lapin en marmonnant :

– J'imagine que madame ne dînera pas.

– Vous voulez bien vous taire ? lança une voix rauque mais faible près du feu. On peut même pas mourir tranquille, ici !

Je bondis sur mes pieds et courus vers Furia. Elle était pâle et faible mais, quand elle croisa mon regard, elle me fit un petit sourire narquois. L'étau qui me comprimait la poitrine se relâcha, ce qui me permit de respirer vraiment pour la première fois depuis l'affrontement.

– Eh bien, gamin, fit-elle en tendant la main pour la porter à ma joue tout en écoutant la litanie d'insultes de Seneira, ta petite amie a du vocabulaire, dis-moi.

– Elle s'appelle Seneira, répondis-je. Et elle ne m'apprécie pas beaucoup.

– Ne t'inquiète pas, on s'y fait, dit Furia en passant une main sur ses côtes, découvrant ainsi le bandage autour de son torse. Tu as eu le temps d'étudier la médecine pendant que je faisais une sieste ?

– Bonjour, sœur, lança l'autre Argosi en s'approchant de moi.

Elle passa la main sur sa nuque pour défaire l'attache qui retenait le bout de tissu blanc dissimulant la partie basse de son visage. J'avais cru qu'elle était défigurée, mais ce qu'elle révéla me semblait tout à fait normal. Elle avait la peau plus mate que Furia, elle semblait plus berabesq que daroman, mais elle aurait tout aussi bien pu être une Jan'Tep ou une habitante de la Frontière. Les vagues d'immigration successives ayant atteint ce continent avaient conduit à un mélange culturel, et les peuples étaient davantage liés par des intérêts que par la couleur de leur peau.

– Gamin ?

– Oui.

– Dis-moi, pendant le combat, je me suis cogné la tête très fort ?

– Non, je ne crois pas.

Furia soupira en disant :

– C'est bien ce qui me semblait. Salut, Rosie.

Je me tournai vers l'autre Argosi.

– Rosie ? C'est votre vrai nom ?

Elle eut l'air peinée. Et ennuyée.

– Un diminutif. Le Chemin d'Épines et de Roses, ça attire trop souvent les moqueries, surtout de la part du Chemin de la Pâquerette Sauvage.

– Et pour cause, dit Furia en me tendant la main. Aide-moi, gamin. Inutile de repousser l'échéance.

Quelque chose dans son expression m'inquiéta.

– Quelle échéance ?

Elle lutta pour s'asseoir en grimaçant de douleur.

– Botter le cul de Rosie.

– Tu plaisantes. Elle nous a sauvé la vie ! Et puis, tu as trois côtes cassées. Tu as failli mourir !

– Ouais, eh bien la vie est courte. Faut faire ce qui compte tant qu'on peut.

Je jetai un coup d'œil à Seneira, occupée à brosser son cheval.

« Peut-être qu'elle, elle saura me dire ce qui se passe. »

L'autre Argosi ne semblait ni inquiète ni joyeuse.

– Je crains que nous ne devions retarder notre petite… Comment tu appelles ça déjà ? Bagarre. J'ai des nouvelles.

Elle glissa de nouveau la main dans les plis de ses vêtements et, cette fois, en sortit un jeu de cartes.

Furia pinça les lèvres en l'observant, puis plongea la main dans son gilet en cuir noir et sortit son propre jeu. Son vrai jeu, celui qui figurait chacun des quatre peuples majeurs par une couleur : les concordances. Mais il contenait aussi d'autres cartes qui, selon Furia, étaient propres à chaque Argosi : les discordances, qui illustraient les personnes ou les événements capables de changer le cours de l'histoire.

– D'accord, dit Furia. Mais la prochaine fois, on s'offrira une petite danse, toi et moi, Rosie.

L'autre Argosi s'installa face à elle et entreprit d'étaler les cartes de son jeu, face cachée. Furia fit de même.

– Qu'est-ce que vous trafiquez ? demandai-je. Il y a une minute, vous étiez prêtes à vous battre, et maintenant…

Furia leva la tête vers moi.

– D'après toi, gamin ? On joue aux cartes.

Lors de ma première rencontre avec Furia, elle m'avait appris des dizaines de jeux différents.

J'avais une bonne mémoire et j'étais presque sûr de me souvenir de chacun, mais je ne connaissais pas celui-là. Apparemment, chacune choisissait au hasard sept cartes dans le jeu de l'autre, les examinait puis composait une forme avec. Ensuite, elles répétaient le rituel tour à tour avec de nouvelles cartes jusqu'à épuisement des deux paquets, qu'elles mélangeaient de nouveau.

Seneira s'assit près de moi.

– J'imagine que ton Argosi ne t'a jamais expliqué pourquoi elles utilisent les cartes au lieu de parler comme des gens normaux ? me lança-t-elle.

– Je pense… Je pense qu'elles s'en disent davantage qu'on ne peut le voir sur les dessins, avançai-je, les yeux rivés sur l'étrange partie qui se jouait là. Les formes qu'elles créent en les disposant… peut-être qu'elles parlent de sujets qui ne peuvent être abordés avec des mots.

Seneira gémit.

– Tu t'exprimes comme elles, maintenant. J'espérais pourtant avoir quelqu'un de sensé à mes côtés.

– Dans ce cas, elle peut me parler, si elle veut, feula Rakis en sautillant jusqu'à nous. C'est moi l'être le plus raisonnable, ici.

– Rakis dit que tu peux…

– Je t'en prie, je ne veux pas savoir quand ton chacureuil te parle, me coupa Seneira.

– D'accord, mais pourquoi ?

– Parce que je suis convaincue que les chacureuils ne parlent pas, et j'espérais croire un peu plus longtemps que tu n'es pas complètement cinglé.

Rakis s'ébroua.

– Elle a pas tort, Kelen. J'ai toujours dit que tu étais un peu…

– Rakis, tais-toi.

L'étrange partie de cartes se poursuivit pendant une heure. De temps en temps, Furia brisait le silence avec des commentaires du genre : « Ça alors, qui aurait cru que la guilde des marchands de Gitabrie parviendrait à régler ce bordel ? » Ou encore : « Je me disais bien qu'un général daroman finirait par mettre la main sur ce crétin. »

L'autre Argosi, que j'avais toujours du mal à appeler Rosie, semblait préférer le silence, si bien que lorsque Furia fit un énième commentaire, elle jeta :

– Ça sert à quoi, ce genre de propos ?

– Moi, ça me sert. Tu te sens un peu nerveuse ? Si tu veux, tu peux prendre ton cheval et aller nous chercher de la gnôle en ville.

– De la gnôle. Des roseaux de feu. Cet argot de la Frontière que tu as adopté… Tu oublies toutes tes bonnes manières, sœur.

Furia posa ses cartes sur ses genoux.

– Un corps ne se perd jamais s'il n'a pas de destination, sœur.

On aurait dit qu'elles barbotaient dans un océan d'absurde. L'autre fit un signe de tête dans ma direction.

– C'est comme ça que tu lui enseignes la doctrine argosi ? Avec des dictons de bonne femme et des anecdotes ?

– Tu crois que ça ferait la différence si j'y mettais les formes ?

– De ce que je vois de ton élève, je crois que ça

ne changerait rien du tout. Il s'est servi de sa magie alors qu'il n'aurait pas dû, si bien qu'il a attiré des Jan'Tep jusqu'ici et risqué la vie de cette fille qui est sous ma protection. Puis il a paniqué pendant la bagarre et, sans moi, vous seriez tous morts. Même s'il devenait centenaire, je ne suis pas sûre que tu réussirais à en faire un Argosi.

Rakis me tapota la jambe.

– Kelen, cette connasse d'Argosi vient de t'insulter.

– Ouais, répondis-je tout bas. Je crois qu'elle m'aime pas beaucoup.

– Mais si, mais si, me dit Furia. (J'oubliais toujours à quel point elle avait l'oreille fine.) C'est juste que Rosie essaie de me distraire pour que j'oublie qu'elle me cache une carte.

Un sourire passa sur le visage de l'autre Argosi.

– Et tu crois que c'est comme ça que tu vas réussir à me faire oublier que toi aussi, tu m'en caches une ?

– Quoi, cette vieillerie ? lâcha Furia avec un geste du poignet qui fit apparaître une carte entre son pouce et son index. Elle a dû tomber quand j'ai mélangé mon jeu.

Elle la tendit à l'autre Argosi, qui l'examina longuement avant de la retourner et de la lâcher. C'était l'une des discordances de Furia, celle qu'elle avait peinte à mon effigie, où était écrit « Frondeur de sort ».

– Tu as la bonne image, mais pas le bon intitulé. C'est la différence entre toi et moi, sœur. Tu suis la voie des sentiments plutôt que celle de la connaissance.

– Ah bon ? Et si tu me montrais la connaissance, alors ?

L'autre Argosi tenait une carte dans la paume de sa main. Elle la fit tourner une fois, deux fois et, à la troisième, la carte tomba, face cachée. Même moi, je vis de loin qu'elle avait opéré un changement au passage.

– C'est ça, le signe qu'on doit suivre, maintenant.

Furia voulut la prendre, puis se ravisa.

– La différence entre toi et moi, sœur, c'est que je n'ai jamais besoin de faire mine de voir le vent pour savoir de quel côté il souffle.

Puis elle s'adressa à Seneira :

– Jeune demoiselle, si tu nous rejoignais, pour qu'on fasse vraiment les présentations ?

Seneira se leva et, avec son bâton, décrivit de grands cercles. Je la suivis, inquiet que la fatigue et le sol irrégulier ne la fassent chuter. Même si j'étais bien décidé à ne pas répéter ma désastreuse tentative de sauvetage. Furia me lança un coup d'œil en haussant un sourcil, et me dit :

– Tu crois vraiment à cette histoire d'aveugle, gamin ? Je te pensais plus malin que ça.

– Quoi ? Elle n'est pas…

– Les aveugles développent des techniques pour se déplacer sans voir, ils ne titubent pas comme elle. Et puis, ils se trouvent une vraie canne, pas un bâton ramassé par terre.

À l'Argosi, elle lança :

– Tu t'es trompée, il y a un instant, sœur. Ce n'est pas Kelen qui a attiré les chasseurs de primes ici. Ce qu'ils cherchaient, c'était la fille. C'est toi qui nous as apporté des ennuis.

Seneira s'arrêta à quelques mètres.

– Je suis désolée. Je ne voulais pas que quelqu'un souffre à cause de moi.

Des larmes humidifièrent le tissu qui couvrait ses yeux, puis dévalèrent ses joues.

– Ce n'est la faute de personne, déclara Furia en tapotant les bandages qui lui comprimaient les côtes. Je ne pense pas que tu aies voulu ces ennuis, pas plus que Kelen. Tu peux retirer ce bandeau de tes yeux, ma fille.

– Attendez, c'est quoi cette histoire ? demandai-je.

Furia tendit la main, prit la carte de celles de l'Argosi et la jeta en l'air au moment où Seneira dénouait son bandeau. À l'instant où il tombait, la carte atterrit à mes pieds, face visible. Elle représentait une fille avec des traces noires autour de l'œil droit. Quand je relevai la tête, je me surpris à fixer les iris verts de Seneira et à y retrouver les mêmes marques autour de son œil.

– Je t'avais dit que je n'étais pas aveugle, dit-elle en laissant tomber le bandeau par terre. Juste que je ne pouvais pas voir.

Je tendis la main vers la carte, cette discordance que l'Argosi avait peinte car elle figurait, selon elle, une force capable de changer le cours de l'histoire. Et je lus les mots écrits tout en bas.

« L'ombre au noir. »

LA VOIE DU VENT

La voie des Argosi est la voie du vent. Toutes sortes de vents soufflent sur terre : le vent du changement, le vent du chagrin, le vent de la joie, le vent de la guerre. Pour découvrir la vérité du monde, un Argosi se doit de les écouter, d'analyser leur contact sur sa peau et de suivre chaque discordance car, tous autant qu'ils sont, ces vents peuvent tout à coup devenir un ouragan capable de changer le cours de l'histoire. C'est pourquoi l'arrivée d'un Argosi est parfois considérée comme… troublante.

10. Diplomatie

– Rappelle-moi pourquoi on escorte Seneira jusqu'à Teleidos ? demandai-je en tirant sur mes rênes pour ramener mon cheval dans le droit chemin.

Il avait la mauvaise habitude de s'écarter de la route sans raison particulière, un trait de caractère qu'il partageait avec Furia.

– Et je ne veux pas entendre qu'il faut « suivre le vent ». Ce n'est pas une réponse.

Furia baissa son chapeau pour mieux se protéger les yeux du soleil.

– Bien sûr que si, c'est une réponse, gamin. Ce n'est pas celle que tu attends, c'est tout, fit-elle avec un regard d'avertissement. Alors si tu écoutais mon conseil et te détendais un peu ?

Je jetai un coup d'œil vers Rosie et Seneira derrière nous, trop loin pour nous entendre.

– Elle n'est même pas Jan'Tep. Alors comment peut-elle avoir l'ombre au noir ?

– Pour commencer, gamin, arrête de croire que les Jan'Tep sont une race à part. Vous êtes juste un peuple avec un peu de magie venu chercher sur ce continent une puissance que vous ne trouviez plus là où vous viviez.

Elle me fit une chiquenaude sur la joue et reprit :

– Vous avez plein de couleurs de peau, des têtes, des yeux, des nez différents… En somme, vous êtes juste une grosse ratatouille.

Cette comparaison m'énerva.

– La ratatouille a tout de même réussi à produire les plus grands mages du continent, et occupe les plus belles cités du monde.

Furia ricana.

– Ça m'impressionnerait si c'était ton peuple qui avait bâti ces cités, gamin.

Elle venait de marquer un point. Pourquoi m'obstinais-je à défendre les Jan'Tep ? Mes ancêtres avaient déclaré la guerre aux Mahdek avant de les massacrer pour leur voler leurs cités et accaparer les oasis où nous puisions notre magie. Il ne devait pas rester plus d'une centaine de vrais Mahdek de par le monde.

Furia était l'une d'eux.

– Désolé, dis-je.

– Désolé de quoi ?

– Parce que tu es une Mahdek.

– Je suis une Argosi, gamin. Le sang mahdek m'est inné. Le Chemin de la Pâquerette Sauvage est celui que j'ai décidé de suivre.

Couché entre le pommeau de la selle et l'encolure de mon cheval, Rakis observait le ciel sans nuages d'un air mélancolique. Il se joignit tout à coup à la conversation :

– Le sang chacureuil m'est inné. Le Chemin du Chacureuil Sauvage est celui que j'ai décidé de suivre. Pourquoi compliquer inutilement les choses ?

Quand je traduisis pour Furia, elle gloussa en lâchant :

– La philosophie chacureuil, tout un programme.

Elle inclina son chapeau vers lui. Rakis apprécia et lui rendit son geste.

Je me sentais étrangement isolé. D'une certaine manière, Furia et Rakis avaient plus de points communs que moi avec eux : ils avaient chacun choisi un chemin. Ils étaient… quelque chose. Moi ? En tout et pour tout, j'avais pris une seule vraie décision dans la vie : fuir mon peuple. Et je commençais à me dire que c'était une erreur. Un hors-la-loi, ça n'est personne, ça n'a ni famille, ni amis, ni but. Se définir comme hors-la-loi, ça permet juste de dire tout ce qu'on n'est pas.

– Ça va, gamin ? demanda Furia.

– Très bien, dis-je en essayant de chasser mes pensées moroses et de réfléchir à la question que Furia avait, une fois de plus, réussi à esquiver. Que les Jan'Tep soient ou non une race à part, l'ombre au noir ne se manifeste que chez les mages. Seneira jure qu'elle n'en est pas une, alors soit elle ment, soit…

– Laisse tomber, gamin.

– Non !

Je me rendis compte que j'avais crié, et je me retournai pour voir si Seneira et Rosie m'avaient entendu. Heureusement, elles semblaient bien décidées à m'ignorer. Je repris :

– C'est ma tête qui est mise à prix, pas la tienne. Seneira a des chasseurs de primes qui la poursuivent, elle aussi, et ils n'hésiteront pas à me tuer au passage, alors j'ai au moins le droit de savoir pourquoi tu nous fais courir encore plus de risques que d'habitude.

– D'accord. Tu te souviens, dans cette ville, quand les gens ont vu l'ombre au noir autour de ton œil, ils ont dit que tu avais la peste du démon.

– Ouais, mais c'est de la superstition. Ça n'existe pas, la…

Furia me lança un regard noir.

– Ah bon ? Tu crois que quatre mois passés hors de tes terres suffisent à faire de toi un expert en épidémies ?

Ses traits et sa voix tout à coup tendus contrastaient avec son flegme habituel. J'eus alors une pensée qui me fit froid dans le dos.

– Tu as déjà connu une peste magique, c'est ça ?

Elle évita mon regard, continuant à fixer l'horizon droit devant elle.

– Ouais, gamin. J'ai déjà connu une peste. Je sais pas si elle s'est répandue à cause de la magie, d'une maladie ou d'autre chose, mais ça porte un nom. Ça s'appelle le Cri rouge. Et c'est aussi terrible que ça en a l'air. De bout en bout.

– C'est-à-dire ?

Furia se retourna vers Rosie. Toutes deux échangèrent un regard qui n'avait rien d'amical.

– Pose-moi la question à un autre moment, gamin.

J'aurais pu insister, mais je me contentai de me retourner vers Seneira, juste un instant.

Apparemment, un instant de trop.

– T'es encore en train de me dévisager ? jeta-t-elle.

En général, il faut au moins un jour pour que les gens me détestent, mais Seneira n'avait même pas attendu ce délai. Elle avait l'air convaincue que soit je la reluquais, soit je me moquais d'elle. Ni l'un ni l'autre n'était vrai. Je n'avais simplement plus l'habitude d'être en compagnie de quelqu'un de mon âge. Et ça ne m'aidait pas qu'elle soit jolie. Bien trop jolie pour que je me sente à l'aise en sa présence. Furia avait dit que c'était peut-être le signe annonciateur d'un désordre de l'esprit, et suggéré que je lui communique d'autres symptômes si jamais je les remarquais.

Mais mon malaise en présence de Seneira n'était pas seulement dû à ma maladresse légendaire. Rien que de lui parler, je me sentais étrangement coupable vis-à-vis de Nephenia. Pourtant, la véritable raison pour laquelle Seneira me troublait, c'était à cause des marques autour de son œil, qui ressemblaient tellement aux miennes que même si ça me faisait souffrir de la regarder, je ne parvenais pas à m'en empêcher.

– Si tu veux, je peux te prêter de la pâte de *mesdet*, lui dis-je en tendant la main vers ma sacoche. Comme ça, tu pourrais couvrir tes marques et tu n'aurais pas besoin de mettre ton bandeau chaque fois qu'on traverse un village.

Elle leva les yeux au ciel. Une vraie manie, chez elle.

– Du maquillage ! Mais bien sûr ! Comment n'y ai-je pas pensé plus tôt ? Peut-être parce que, justement, j'y ai pensé, figure-toi.

– Alors pourquoi… ?

– Parce que ça me brûle, voilà pourquoi ! Dès que j'essaie de mettre de la pâte dessus, j'ai la peau en feu.

J'acquiesçai. Ce n'était jamais très agréable de cacher mes marques, mais ça ne me faisait pas mal à ce point. Seneira, malgré ses vêtements simples, avait une attitude et un langage qui laissaient penser qu'elle venait d'un milieu aisé. Elle n'avait sans doute jamais connu beaucoup de difficultés au cours de sa vie. Moi non plus, jusqu'à quelques mois plus tôt.

– Peut-être que tu n'es pas habituée. Fais un petit effort.

– Un *petit effort* ? répéta-t-elle.

– J'ai vu les effets, s'interposa Rosie de sa voix apaisante comme une brise tiède. C'est... insupportable. L'ombre au noir de cette enfant bouillonne dès qu'on essaie de la dissimuler et, de toute évidence, la douleur est terrible.

– Merci, fit Seneira.

– Même si je dois admettre que la plupart du temps, ça ne l'empêche pas d'être une peste.

– Peut-être que si tu ne m'avais pas enlevée...

– Sauvée, la corrigea Rosie.

– Attends, fis-je en me tournant vers Seneira, tout à coup inquiet de ne pas avoir bien saisi la situation. Tu as dit être avec elle de ton plein gré.

– C'est compliqué, répondit Seneira, qui tout à coup parut s'adoucir un peu. J'ai eu des ennuis et...

Elle hésita, puis fit un sourire machiavélique en déclarant :

– *Rosie* ici présente m'a aidée à m'en sortir.

Rosie fronça les sourcils en répliquant :

– Ce n'est pas mon nom. Je m'appelle le Chemin d'Épines et de…

Seneira l'interrompit :

– Aucune personne normale ne s'appelle le Chemin de… je ne sais plus quoi, alors soit tu me donnes ton vrai nom, soit je continue à t'appeler Rosie.

L'Argosi ouvrit la bouche pour répondre, puis se ravisa. Elle finit par dire :

– Rosie, ça ira très bien.

De toute évidence furieuse, elle adressa une grimace à Furia.

– Ha ha, pouffa Rakis. J'aime bien être avec ces deux-là, finalement. Elles m'amusent.

– Bref, reprit Seneira. J'étais poursuivie par les cinglés de Jan'Tep que vous avez rencontrés, et Rosie les a fait fuir. Mais ils ont réapparu, et j'ai compris que je ne m'en sortirais pas toute seule. Elle a proposé de me protéger et, maintenant, elle refuse de me conduire là où je veux aller.

– Elle a fugué, expliqua Rosie.

– J'ai seize ans ! À seize ans, on ne fugue pas, on va là où on a envie d'aller !

– Ce que tu es libre de faire, mais moi, je me dirige vers le nord, vers ta cité. Alors si tu veux ma protection, c'est là où tu iras, toi aussi.

– Attendez, dis-je à Rosie, si Seneira ne veut pas retourner chez elle, pourquoi vous, vous y allez ?

Ce fut Seneira qui me répondit. Apparemment, le moment de complicité avec moi était terminé.

– T'es vraiment stupide, toi. Je ne suis pas une Jan'Tep, je n'étudie pas la magie, et pourtant, j'ai l'ombre au noir. (Elle désigna Rosie et Furia.) Ces deux tarées sont des Argosi, ce qui signifie que dès qu'il se passe quelque chose d'étrange sur terre, elles éprouvent le besoin irrépressible de peindre une carte à ce sujet. Il faut croire qu'elles pensent que mes marques signifient quelque chose.

– Elles signifient quelque chose, insista Rosie.

– Peut-être, la corrigea Furia.

Toutes deux échangèrent un regard de connivence dont je me sentis exclu. De toute évidence, j'en savais aussi peu sur les Argosi que sur le monde hors de chez moi.

Lassé du mépris de Seneira, je décidai de changer de tactique. Furia dit qu'un bon moyen pour que les gens vous aiment, c'est de les faire parler d'eux. Je ne vois pas comment c'est possible, car on m'a toujours appris qu'il faut au contraire mettre ses qualités en avant pour que les gens aient une bonne opinion de vous. Pourtant, comme il lui arrive d'avoir raison, je demandai à Seneira :

– Si tu n'étudies pas la magie, qu'est-ce que tu as l'intention de devenir ?

Elle mit quelques secondes à me donner une réponse, et je compris ensuite pourquoi elle avait hésité. Pour finir, elle déclara :

– Un jour, je serai diplomate.

Il fallut longtemps à Rakis pour arrêter de rire.

11. *L'apparition dans le sable*

On se tint le plus possible à l'écart des populations, cette semaine-là. Même quand Seneira et moi, on cachait nos marques et qu'il ne se passait rien de particulier, les gens paraissaient mal à l'aise en notre présence. Comme si une petite partie d'entre eux flairaient l'ombre au noir, si bien que la chair de poule les gagnait.

Moi, ça m'allait d'éviter les villes car, ces derniers temps, j'avais du mal avec les inconnus. Le problème, c'est que ça impliquait de dormir dans le désert, quelque chose dont on se lasse vite. Un sol dur, l'air froid de la nuit, parfois les tempêtes de sable, l'impression d'être sans protection face à un monde déchaîné. Et ce qui me vexait terriblement, c'est que Seneira, que je considérais comme une petite princesse, s'en accommodait bien mieux que moi.

– Tu me dévisages encore, dit-elle, allongée près du feu, sans même prendre la peine d'ouvrir les yeux.

Mais comment elle savait ça ?

– Désolé, dis-je.

– Hé, Kelen, feula Rakis, propose-lui de…

– Oh, toi, ça va.

La présence d'une fille de mon âge et ma naïveté

étaient une source d'amusement sans fin pour le chacureuil. Il suggérait sans cesse divers rituels d'accouplement que je devrais selon lui effectuer avec Seneira, insistant sur le fait qu'ils se pratiquaient dans des « cultures de bonne réputation », alors que j'étais presque certain qu'il inventait tout. Quand je lui rappelais qu'il y avait déjà une autre fille dans mon cœur, il me rétorquait que mes chances de revoir Nephenia au cours de ma vie, qui serait certainement très brève, étaient presque nulles.

– T'es encore plus casse-pieds que d'habitude, dit-il en sautant de mon épaule pour s'éloigner dans les ténèbres. Puisque c'est ça, je vais assassiner quelqu'un.

– On dit chasser, tu sais.

– Pas à ma manière.

Je me rallongeai pour chercher le sommeil. Au bout d'une minute à m'agiter, je compris qu'il ne viendrait pas. Ce n'était pas juste la dureté du sol et l'air froid, c'était un bourdonnement constant dans ma tête, qui ne faisait que traduire mon anxiété. Depuis que le mage de la soie m'avait montré l'avis de recherche, je n'arrivais pas à fermer l'œil sans me demander ce qui allait bientôt me tomber dessus.

Pour ne rien arranger, je ne pouvais pas parler de mes craintes à Furia, maintenant qu'on voyageait avec Rosie et Seneira. Au début, dès que je m'agitais la nuit, Furia se mettait à raconter une histoire ou bien à déblatérer sur une plante ou un insecte en se questionnant sur leur provenance. Mais elle passait désormais chaque soir à jouer aux cartes avec Rosie, sans presque dire un mot. Ça aussi, ça me rendait nerveux.

Pour finir, je pris l'habitude de partir me promener dans le désert dès que je ne parvenais pas à dormir. Dans cette région, le sable était surtout bleu, ce qui donnait l'impression de marcher dans la mer. Ça me plaisait. Loin du feu, la brise faisait comme des vagues dans le sable. Si on regardait assez longtemps, on pouvait presque y deviner des dessins : des animaux, des bateaux, des visages… Ils apparaissaient pendant quelques secondes avant que le vent les chasse et qu'une nouvelle image se forme. Parfois, quand la brise était assez faible, les formes subsistaient et un visage donnait alors l'impression de s'animer, les yeux ouverts, les lèvres à peine mobiles.

Celui que je voyais le plus souvent, c'était Shalla, ma sœur. Parfois, si je clignais des yeux, je parvenais à me la représenter, comme si un vent d'ouest soufflait depuis les territoires Jan'Tep pour reconstituer ses traits en un million de particules, son regard concentré et son froncement de sourcils me signifiant bien que j'étais une perpétuelle source de déception. Évidemment, ce n'était qu'un tour que me jouait mon esprit : la lumière des étoiles et de la lune vous laisse imaginer ce que vous voulez, il suffit d'être assez fatigué pour ça. Et pourtant, je ne pouvais m'empêcher de me demander ce que ma sœur m'aurait dit, si elle avait été là.

Je découvris que je n'avais pas besoin de me poser la question.

– Enfin ! s'exclama l'image de Shalla qui tourbillonnait sur le sable à mes pieds. J'ai cru que tu ne comprendrais jamais.

12. *L'avis de recherche*

Je passai plusieurs explications possibles en revue : serait-ce encore un mage de la soie qui s'attaquait à mon esprit ? C'était peu probable ; il ne pouvait pas y en avoir autant dans les terres de la Frontière. Et puis, maintenant que je connaissais la sensation d'un sort de soie qui pénètre votre âme, j'étais presque certain de le reconnaître. Bien sûr, il se pouvait que je sois fou. Ce qui m'aurait paru une réaction assez normale, avec tous ces gens qui essayaient de me tuer. Mais c'était trop facile, comme explication.

Il y avait une troisième possibilité, quoique encore plus troublante.

– Imbécile, c'est moi, dit Shalla, alors que les grains de sable se réarrangeaient pour dessiner un petit sourire narquois sur ses lèvres.

– Mais… comment tu fais ça, Shalla ?

Son sourire devint suffisant.

– Ça te plaît ? C'est moi qui ai créé ce sort. Bien sûr, il existe des précédents, mais je suis presque sûre d'être la première mage à réussir à projeter mon image à une telle distance.

À l'époque de mon initiation, j'étais assez calé en théorie de la magie, alors je ne pus m'empêcher de réfléchir à la manière dont elle faisait ça. Je crus d'abord que le fait d'entendre sa voix impliquait qu'elle utilise la magie de la soie, mais les sorts de soie voyagent mal, et puis là, j'avais vraiment l'impression que Shalla murmurait à mon oreille.

– La magie du souffle, finis-je par dire. Tu te sers du vent pour transporter ton image et ta voix jusqu'à moi.

La tête dessinée dans le sable acquiesça.

– Le souffle, avec un soupçon de magie du sable pour raccourcir le délai. Sinon, il y aurait trop de décalage dans nos propos. Le plus dur, ça a été de te localiser. Heureusement, j'ai récupéré un peu de ton sang séché sur la table de travail de Père, ce qui m'a permis de lier le sort à toi.

La façon détachée avec laquelle elle parlait de ces jours pendant lesquels mes parents m'avaient ligoté à une table pour anéantir mes tatouages, m'interdisant à jamais l'accès à cinq des six formes de magie, me rappela la raison pour laquelle j'avais voulu partir de chez moi.

– Qu'est-ce que tu veux, Shalla ?

– Ne te fâche pas. J'ai mis des siècles à élaborer ce sort. Et il faut que les vents soufflent dans la bonne direction, donc je ne sais pas quand je pourrai recommencer.

– Pourquoi te donner autant de mal ?

Le sable se déplaça à nouveau, et ma sœur eut l'air étonnamment blessée par mes propos.

– Parce que je me fais du souci pour toi, Kelen. J'ai besoin de savoir que tu vas bien.

– Je vais très bien.

Tout à coup, le vent reprit et la voix de Shalla se chargea d'accents coléreux.

– C'est pas vrai ! Mère prend toutes sortes de potions pour te retrouver avec des sorts de divination. Elle t'a vu te faire tabasser par un garçon. Elle en a pleuré pendant des heures, elle a menacé de quitter Père s'il ne partait pas à ta recherche.

– Et qu'a répondu le grand et noble Ke'heops ?

Il y eut un silence, puis un changement dans le vent, si bien que l'image de Shalla commença à disparaître. Je crus que le sort était brisé mais, l'instant d'après, le sable se reforma.

– Tu sais qu'il ne peut pas prendre le risque de s'absenter maintenant, Kelen. Le conseil ne l'a pas encore élu prince de clan. Il doit assurer ses arrières jusqu'à ce que les autres mages seigneurs offrent enfin à notre maisonnée le prestige et la puissance qu'elle mérite.

– Eh bien, je lui souhaite bonne chance, dis-je tout en sachant que ça allait déplaire à Shalla.

Car mon peuple ne croit pas à la chance.

Le sable qui dessinait ses sourcils se souleva.

– Tu ne t'intéresses plus à nous ? Tu ne m'as même pas demandé de nos nouvelles. Ra'meth est toujours en vie, tu sais. Il est affaibli, mais il a encore des alliés au conseil. Tennat et ses frères ont juré ta perte, ainsi que celle de tous ceux qui t'ont aidé.

– Nephenia...

Je n'avais pas voulu prononcer son nom tout haut, mais maintenant que c'était fait, je ne pouvais qu'ajouter :

– Comment va-t-elle ?

Shalla hésita. Je compris qu'elle se demandait si elle ne pourrait pas obtenir quelque chose de moi en échange de cette information. Mais ma sœur n'est pas aussi cruelle qu'elle aimerait le croire.

– La souris va bien. Tu te souviens qu'elle s'appelle Neph'aria, maintenant ?

« Neph'aria. » En effet, j'avais oublié qu'elle s'était vu attribuer un nom de mage. Maintenant, elle pouvait commencer à exercer sa puissance, prendre sa mère sous son aile et s'affranchir du joug de son père.

« J'espère que tu connaîtras le bonheur, Neph, même si ça ne pourra jamais être avec moi. »

Shalla dut me sentir flancher et, cette fois, elle en profita :

– Elle fréquente Pan'erath, maintenant, tu sais.

– Pan ?

Panahsi avait été mon meilleur ami. Mon seul ami, en réalité. Mais tout avait basculé le jour où j'avais pris le parti de Furia en découvrant la vérité sur les atrocités commises par notre peuple. Or, les Jan'Tep ne supportent pas la dissidence. Panahsi avait été presque un frère pour moi, mais il était désormais Pan'erath, un mage Jan'Tep loyal, tandis que moi, j'étais un paria.

– La famille de Pan'erath est plus puissante que jamais, reprit Shalla. Sa grand-mère a offert sa protection à Neph'aria et à sa mère en échange d'une alliance entre leurs deux maisonnées.

– Tu es en train de me dire que Nephenia va épouser Pan ?

L'image dans le sable acquiesça.

– Dans un an… à moins que tu y mettes ton grain de sel. (Le murmure dans la voix de Shalla se fit presque suppliant.) Reviens, Kelen. Les terres de la Frontière sont un endroit trop dangereux pour toi. Reviens servir ton peuple afin qu'il puisse te protéger.

Je faillis éclater de rire.

– Me protéger ? Et comment mon peuple me protégerait-il alors qu'un membre du conseil a mis ma tête à prix ?

– Quoi ? Ce n'est pas possible. Personne ne…

– Shalla, j'ai vu l'avis de recherche.

L'image dans le sable s'agita.

– Je vais mener l'enquête, Kelen, je te le jure. Si c'est Ra'meth ou l'un de ses alliés qui a fait ça, ça entre en violation de l'édit du conseil interdisant à nos maisonnées de s'affronter. Il sera exclu du conseil. Si je parviens à le prouver, lui et toute sa famille seront chassés des territoires Jan'Tep.

Un petit sourire apparut dans le sable à cette idée.

– Pas de bêtises, Shalla. Ra'meth est dangereux. S'il découvre que tu te mêles de ses affaires, il…

Elle ricana et des grains de sable se soulevèrent, comme chassés par son souffle.

– Kelen, Ra'meth ne me fait pas peur. Tu l'as battu toi-même, tu te souviens ?

Sans attendre ma réponse, l'image de Shalla disparut, me laissant comme un idiot en train de parler tout seul dans le désert.

– Le courageux et intrépide Mark Smith, qui m'est toujours redevable d'un jet privé ;

– Annabel Robinson, Sophie Goodfellow et l'équipe de l'agence de communication FMcM, qui ont su mettre le feu aux poudres de *L'Anti-Magicien* ;

– La formidable équipe de représentants de chez Bonnier Zaffre, jamais las de répéter : « C'est un western avec de la magie et sans cow-boys. Avec un chacureuil qui parle. Qu'est-ce que c'est qu'un chacureuil ? Eh bien… » ;

– Et si vous avez lu ce roman dans une autre langue que l'anglais, sachez aussi qu'un brillant traducteur a dû faire de ma prose sans queue ni tête un texte agréable et intelligent dans votre langue ;

– Rien de tout ça ne serait arrivé sans Ruth Logan et Ilaria Tarasconi, qui ont su convaincre les éditeurs de nombreux pays de devenir à leur tour frondeurs de sort ;

– Et les si nombreux journalistes, blogueurs et libraires qui ont parcouru les chemins de ce livre au pas de course de façon à respecter les délais de publication et présenter à temps aux lecteurs les aventures de Kelen, Furia et Rakis. Je vous souhaite à tous d'avoir un jour votre chacureuil !

Le Chemin d'Étoiles sans Fin

La magie d'un livre ne peut opérer qu'une fois ses premiers lecteurs ensorcelés et prêts à jeter un sort sur leurs amis et leur famille afin qu'ils le découvrent à leur tour. C'est par cet acte de partage qu'un livre prend vie, alors, à tous ceux qui ont donné de leur temps, mon éternelle gratitude.

Si vous souhaitez m'écrire (en anglais !), contactez-moi sur www.decastell.com ou suivez-moi sur Twitter @decastell.

Après avoir décroché un diplôme en archéologie, **SÉBASTIEN DE CASTELL** s'est rendu compte lors de sa première fouille qu'il détestait creuser le sable. Depuis, il se consacre à sa nouvelle carrière de musicien, de médiateur, de chorégraphe de combat, de professeur, de chef de projet et d'écrivain.
Il est également l'auteur d'une série de livres de fantasy, *Les Manteaux de la gloire* (éditions Bragelonne), qui a été saluée par la critique avec des nominations pour les prix Goodreads Choice 2014 et Gemmell Morningstar pour le meilleur premier roman, ainsi que pour le prix du meilleur premier roman étranger aux Imaginales en France.
L'Anti-Magicien 2 : L'Ombre au noir est le deuxième d'une série de six romans pour adolescents. À l'image de son héros Kelen, Sébastien de Castell est persuadé que chaque être humain est la combinaison de tous les choix qu'il fait, bien loin du mythe de l'élu habituellement présenté dans les romans de fantasy.
Il vit à Vancouver, au Canada, avec sa charmante épouse et deux chats pugnaces qui ne sont pas sans rappeler une certaine créature du roman que vous tenez entre vos mains.

Retrouvez toute son actualité sur son site Internet : www.decastell.com

Découvrez le troisième volume de la série

L'Ensorceleuse

Un monde au bord du chaos, des retrouvailles familiales inattendues et des bagarres féroces.

En Gitabrie, l'invention d'un petit oiseau mécanique a attiré les espions de tous les territoires. Chacun est prêt à tuer pour mettre la main sur ce prodige animé par une magie puissante et dangereuse. Et c'est justement là que se dirigent Kelen, Rakis et Furia, les vagabonds les plus recherchés du continent.

Le papier de cet ouvrage est composé de fibres naturelles, renouvelables, recyclables, et fabriquées à partir de bois provenant de forêts gérées durablement.

Mise en pages : Nord Compo

ISBN : 978-2-07-514815-3
Loi n° 49-956 du 16 juillet 1949
sur les publications destinées à la jeunesse
Dépôt légal : novembre 2023
Premier dépôt légal dans la collection : avril 2021
N° d'édition : 623285 – N° d'impression : 273478
Imprimé en France par Maury Imprimeur - 45330 Malesherbes